Les set Bruixes Grises

Aquària - Bruixa de les Marees

Regna sobre el mar i els éssers dels Abismes.

Cendrària - Bruixa de les Cendres

Redueix a cendres tot el que se li posa al davant.

Fogària - Bruixa de les Flames

Susceptible i venjativ

Xisclòria - Bruix

Sap imitar sorolls i desencadena tempestes sonores.

Etèria - Bruixa de les Tempestes

Mestressa dels llamps, té una oïda finíssima.

Sulfúria - Bruixa de l'Aire

Coneix totes les aromes i essències.

Mai Anomenada

Pèrfida i temible senyora de les Bruixes Grises.

Princeses del Regne de la Fantasia

7

Textos de Tea Stilton
*Col·laboració editorial d'*Elena Peduzzi
Coordinació editorial de Patrizia Puricelli
Coordinació de textos de Benedetta Biasi
*Editing d'*Antonella Lavorato
Coordinació artística de Lara Martinelli
Disseny original de les Princeses del Regne de la Fantasia de Silvia Bigolin
Il·lustracions interiors de Silvia Bigolin
Projecte fotogràfic del Diari *de* Sara Cimarosti
amb les il·lustracions de Silvia Bigolin *i* Sara Cimarosti
Imatges de les pàgines 9 i 189 de Guillaume Riesen
Mapes de Carla Debernardi
Coberta de Iacopo Bruno
Sobrecoberta interior de Silvia Bigolin
Projecte gràfic interior de Marta Lorini

A partir d'una idea original d'Elisabetta Dami
Títol original: *Strega delle Maree*
Traducció de M. Dolors Ventós Navés

Estrella Polar, Pedro i Pons 9-11, 08034 Barcelona
www.estrellapolar.cat
info@estrellapolar.cat
www.geronimostilton.cat

Primera edició: octubre del 2013
ISBN: 978-84-15790-98-3
Dipòsit legal: B. 21.782-2013
Fotocomposició: Víctor Igual, s.l.
Impressió: Egedsa
Imprès a Espanya – Printed in Spain

Tea Stilton

La BRUIXA de les MAREES

Estrella Polar

Personatges

AQUÀRIA

Els seus poders abasten el mar i tot allò que viu entre les onades. La Bruixa de les Marees és rebel, sempre va a la seva i menysprea les accions en equip.

ELS NÀUFRAGS DELS ABISMES

Són uns vaixells fantasma que sorgeixen de les profunditats del mar obeint les ordres d'Aquària. Els governen unes tripulacions formades per uns éssers mig homes mig peixos.

EL CAPITÀ GANYA NEGRA

Un dels capitans més despietats de la flota dels Nàufrags dels Abismes. El seu aspecte fa venir esgarrifances: el seu cos boterut s'assembla al d'un peix canó i té una bocota enorme proveïda d'una filera de dents esmolades.

EL CAPITÀ BUHL

És un pirata conegut pels saquejos que porta a terme a bord del seu vaixell, l'*Escata*. Però, des de fa un quant temps, sembla que hagi canviat... I si no és tan ferotge com diuen?

GARCIA

Qui coneix més bé el Mar dels Camins que l'orca Garcia? La seva ajuda serà molt valuosa per conduir les princeses a l'amagatall de la bruixa Aquària.

ELS CRANCS SENTINELLA

El cau d'Aquària té uns guardians molt especials: uns crancs increïblement grossos, que tenen una oïda extremament sensible i van armats amb llances.

ELS MONSTRES ABISSALS

Un exèrcit de monstres marins acompanya sempre els atacs dels Nàufrags dels Abismes. Es tracta de pops, escórpores i uns exemplars gegants de peixos llanterna.

Estimats amics, ja us vaig dir que, més tard o més d'hora, ens retrobaríem!

La nostra nova aventura comença justament aquí, al Gran Regne que ha reunificat el Rei Savi. Hem conegut les cinc princeses que el governaven, unes noies molt valentes que van ser separades de petites i que al cap d'uns anys es van tornar a reunir gràcies al valor i la força del seu cor. Justament ara, després d'anys d'allunyament, la família reial gaudeix del fruit de la seva victòria contra el Príncep sense Nom, que ara està empresonat en un son màgic, en companyia del seu pare, el Rei Malvat.

Aparentment, tot hauria d'estar tranquil, però...

Acompanyeu-me al Mar dels Camins. Veieu què hi ha allà a baix, més enllà de la línia de l'horitzó? Sí, sí, allà. Ho veieu? Sembla una calitja, una boira que s'espesseeix i s'esvaeix per tornar-se a formar en un altre indret. És ben estranya, no trobeu?

No vull anticipar esdeveniments, però no es tracta d'un bon presagi. Tinc la sensació que encara farem falta a les princeses.

Prepareu-vos, perquè necessitaran la nostra ajuda per defensar el Gran Regne d'una nova amenaça.

De moment, no us puc dir res més. Però ja hauríeu de saber que els misteris es revelen a poc a poc. Quina mena de misteris serien, si no? I, creieu-me, allò que es perfila a l'horitzó és un d'aquells enigmes que us tindran amb l'ai al cor fins a l'última pàgina!

I ara, seguiu-me a Flordoblit, al Regne dels Coralls. És allà, on començarà tot.

Xst! Silenci! Veieu aquella noia que hi ha enmig d'un jardí florit? És la princesa Kalea, que s'acaba d'adormir. Veniu! Si camineu de puntetes, sense fer soroll, potser podrem entrar al seu somni...

Tea Stilton

Primera Part

1
Un malson angoixant

El meravellós Regne dels Coralls era de nit; una nit perfumada de flors i de sal, que s'estenia plàcidament entre el cel i el mar, acompanyada d'una remor de fons d'onades que s'estavellaven a les ribes coral·lines i de les esquitxades d'algun peix que, aquí i allà, travessava la superfície tèbia de l'aigua. A les illes, els refilets dels ocells nocturns s'alternaven en perfecta harmonia i feien agafar el son als habitants del regne.

Només la princesa Kalea no era al seu llit. Havia cedit a la son mentre es trobava al jardí, al costat d'un gessamí que l'havia bressolada força estona amb el seu perfum embriagador. Kalea dormia serenament i somiava l'endemà, quan arribaria a Flordoblit la seva germana Diamant amb Robí Blau, el seu marit. Mentre s'imaginava aquella trobada, tan esperada, la va despertar alguna cosa. Va sentir una remor que s'acostava; al principi, no va comprendre de què es tractava, però després es va adonar que era una música trista i cavernosa, acompanyada d'unes veus que cantaven a l'unísón. Semblava una lletania.

Kalea es va aixecar, sobresaltada, i va arrencar a córrer cap a la platja, seguint la direcció d'on provenien aquelles veus. Però, quan va arribar al rompent, no hi va veure res, tret de la lluna, que destacava dalt del cel com una gemma lluminosa. Ara bé, quan va abaixar la mirada, es va fixar que alguna cosa es perfilava a la línia de l'horitzó: semblaven unes taques opaques que es retallaven en la nit.

Lenta però inflexible, alguna cosa que transmetia una lleugera inquietud a la princesa avançava des de mar obert en direcció a l'Illa de les Estrelles.

Què devia ser?

Kalea va pensar de seguida en els pirates: va recordar que, feia temps, el Capità Buhl, a bord del seu *Escata*, havia atacat el Regne dels Coralls. Llavors, havia anat a defensar-los Gunnar, el Príncep dels Gels. I ara? Hauria d'avisar Kaliq, el seu marit. Ell sabria com protegir-la. Però, quan la Princesa dels Coralls va provar de caminar, les cames no li van respondre, semblava que s'haguessin petrificat. Va fer un esforç per tranquil·litzar-se. Potser era un cas de suggestió. Potser, si recuperava la calma, les cames també reprendrien les seves funcions. Va respirar fondo l'aire perfumat de la nit i va tancar els ulls. Quan els va tornar a obrir, va veure que les siluetes fosques ja eren molt més a la vora.

Aquella visió tenia un no-sé-què d'irreal i inquietant que la va fer estremir, malgrat la calidesa de la nit.

Va intentar moure's sense resultat. Estava bloquejada en aquell indret, amb els peus nus enfonsats a la sorra, que ja no era la catifa tèbia i acollidora del seu estimat mar, sinó una massa freda i llefiscosa que l'empresonava.

Van transcórrer uns minuts interminables durant els quals Kalea va continuar fitant l'horitzó mentre les ombres que tenia davant els ulls es revelaven com uns vaixells immensos; en va albirar quatre, però n'hi podia haver més, ocults darrere de les increïbles dimensions dels primers.

Quan van ser més a la vora, la claror blanca de la lluna va il·luminar les closques de mol·luscos que tenien incrustades als flancs, les veles fosques i esquinçades, i uns éssers monstruosos en lloc del mascaró en cada proa. Kalea va forçar els ulls per repassar amb la mirada els ponts i els arbres d'aquelles embarcacions a la recerca de la tripulació, però no hi va veure ningú. En canvi, va continuar sentint un càntic esmorteït acompanyat d'una música sinistra.

El cor va començar a bategar-li amb força.

Qui menava el timó d'aquelles embarcacions esfereïdores? Eren fruit d'un encanteri? Qui en podia ser l'artífex, ara que el Vell Rei i el Príncep sense Nom, eterns enemics del Gran Regne, dormien per sempre al seu palau?

La Princesa dels Coralls, que se sentia atrapada, va cridar tan fort com va poder:

—Kaliq! Sisplau, Kaliq! Ajuda'm!

El va cridar per última vegada mentre l'ombra de la primera nau ocultava la lluna i s'estenia, colossal i amenaçadora, damunt d'ella.

Va ser llavors que es va adonar que era al jardí, al costat del gessamí. No s'havia mogut d'allà. Per tant, tot allò havia estat un somni.

—Què et passa? Què hi fas, aquí? —li va preguntar el seu marit, preocupat.

Mentre l'ajudava a aixecar-se, ella li va respondre:

—No ho sé. Estava molt cansada i es veu que m'he adormit sense adonar-me'n. El perfum del gessamí és gairebé hipnòtic...

—Però per què cridaves? M'he pensat que estaves en perill...

—He tingut un malson esgarrifós, Kaliq.

—Me'l vols explicar?

—Sí, però entrem a palau. Començo a tenir fred.

Repenjada en Kaliq, Kalea va traspassar el llindar de Flordoblit, però no va començar la seva narració fins que no va arribar al recer segur de la seva habitació:

—Al somni, era al jardí, allà on m'has trobat, i dormia. De sobte, m'ha despertat una música acompanyada d'una lletania llunyana.

—D'on provenia?

—No ho sé. Hi havia unes ombres fosques a l'horitzó, però no podia veure de què es tractava. He hagut d'esperar que s'acostessin. Eren uns vaixells enormes i amenaçadors, però d'allò més... atrotinats. Semblaven derelictes. No hi he vist cap tripulant, i tenien un aspecte espectral, amb tot de conquilles incrustades al buc i les veles esparracades.

—Com uns vaixells fantasma?

—Sí. Jo també ho he pensat. Ha estat horrorós. Provava de moure'm, però els peus se m'enfonsaven a la sorra, com si fossin pedres pesants, com si alguna cosa em volgués retenir.

—És bastant freqüent somiar que no et pots moure —li va dir Kaliq, per tranquil·litzar-la—. Ha passat alguna altra cosa?

Ella va fer que no amb el cap.

—T'he cridat i has vingut. I m'he despertat.

—No havies tingut mai cap malson semblant?

—No. He tingut malsons, com tothom, però no havia somiat mai uns vaixells com aquells, n'estic segura.

—Potser és cosa del cansament. Estic segur que ara et tornaràs a adormir i tindràs uns somnis meravellosos.

—Tant de bo que no em torni a passar.

—No pateixis, que jo et protegiré.

Kalea es va arraulir entre els braços de Kaliq, que tenien un perfum familiar i tranquil·litzador.

Era negra nit, i l'alba semblava més llunyana que mai.

Després de l'ensurt, Kalea i Kaliq van provar de tornar a adormir-se, però només se'n va sortir ell.

Per molt que provés de relaxar-se i buidar la ment d'aquella obscura inquietud, la princesa no podia recuperar la pau d'esperit.

La imatge d'aquells vaixells foscos li ocupava el pensament amb prepotència, i la lletania que havia sentit en el somni encara li ressonava a les orelles, com si fos real... Era una música rígida i somorta, acompanyada d'uns murmuris estranys i misteriosos que no podia entendre per molt que s'hi esforcés.

En aquelles condicions era completament impossible agafar el son; per això, amb els ulls clavats a la finestra, esperant que el cel s'aclarís, la Princesa dels Coralls es va resignar a esperar el nou dia dominada per una aprensió silenciosa.

2
Una ventada del desert

L'endemà va començar sota el signe d'una activitat frenètica. Tothom semblava estar ocupadíssim, amb una infinitat de tasques per fer. Netejaven meticulosament tots els racons del palau reial, fins i tot els més amagats, sota la mirada atònita de Naehu, un dels dos germans de la princesa Kalea. El noi, que tenia un caràcter tranquil i meditatiu, mirava al seu voltant amb una expressió estranyada. Ell, que s'estimava més la contemplació que l'activitat, no podia entendre el motiu d'aquell tràfec.

—La princesa Diamant i el príncep Robí estan a punt d'arribar! —va exclamar Emiri, quan el va veure entrar a la cuina, per esmorzar.

Emiri era un home alt i robust, amb un somriure afable i ullassos de bona persona, tan bona com el seu brou de peix, que deia sempre ell. Era el senyor indiscutible de la cuina de Flordoblit, a més de ser el millor i més hàbil dels cuiners de tot el Regne dels Coralls.

Quan Naehu va fer la seva entrada a la cuina, Emiri estava concentrat seleccionant les espècies que utilitzaria aquell dia per preparar el dinar de benvinguda.

—M'he d'afanyar!

—Mmm... Ja et conec, segur que ja fa un mes que tens decidit el menú —va dir en broma Naehu, que coneixia prou bé l'impecable sentit de l'organització del cuiner de la cort.

—De cap manera, nano! Tot depèn del dropo del teu germà! Fa una hora que Purotu encara dormia al seu llit en lloc d'estar pescant el peix que he de cuinar!

—Però, Emiri, si fa una hora... era l'alba!

—És clar! Quan et penses que es fan a la mar, els pescadors?

—Doncs, no ho sé. Que no dormen, els peixos?

—Oi tant que dormen, però...

Emiri va callar de cop i va fer un gest brusc amb la mà, com si volgués espantar una cosa que tenia al davant, i després es va apressar a dir:

—Uf! Mira, nano, m'estàs fent perdre el temps amb la teva xerrameca! Aquí tenim molta feina! De totes maneres, deixa'm que t'ho digui: fas molt mala cara. Que no has dormit bé?

—Doncs, no. Ahir al vespre vaig escriure una poesia. Feia una nit perfecta: la lluna, la brisa, el mar serè...

Naehu va callar. Emiri, que havia agafat una ceba de dimensions considerables i havia començat a tallar-la amb un ganivet gros i esmolat, no semblava gaire interessat a escoltar-lo. A més, els quatre lloros que li feien d'ajudants voleiaven per tota la cuina portant ingredients i atuells amb els seus becs grocs i robustos. El resultat era un discret frenesí, per això Naehu va decidir que, a la cuina, no hi regnava l'ambient adequat per declamar els seus versos.

El jove poeta es va encongir d'espatlles, va agafar una peça de fruita de la taula de treball d'Emiri (que estava tan concentrat que ni se'n va adonar) i se'n va anar lentament cap al passadís. Allà, es va trobar amb Kalea.

—Bon dia, germaneta!

—Bon dia, Naehu. Has dormit bé?

—No gaire. Ara ho explicava a Emiri, però estava massa enfeinat per fer-me cas.

—Què t'ha passat?

—Ahir a la nit vaig escriure una poesia. Però... —va dir mentre treia el seu quadern de la butxaca—. Em temo que és molt diferent de les altres.

—En quin sentit? —va preguntar Kalea, encuriosida.

—No t'ho sabria dir. És fosca i... trista.

—Però si, normalment, els teus poemes són plens de claror.

—Sí. No sé què em va agafar, ahir.

Kalea es va quedar en silenci, recordant el seu malson.

—Hi ha alguna cosa estranya en l'ambient, Naehu. Jo vaig tenir un malson molt desagradable, i això no em passa gaire sovint. Imagina-t'ho! Vaig somiar quatre vaixells fantasma...

—Ho dius de debò? —li va preguntar el noi, sorprès.

—Sí, per què?

—Escolta: «Damunt del mirall negre del mar, obscurs vaixells lliscaven, ponts deserts, fosques veles, drisses sense mariners i cap timoner...».

—Són els teus versos?

Naehu va assentir.

Però no van tenir temps per aprofundir en el tema, perquè una rialla cristal·lina va trencar el silenci, tot escampant alegria per totes les estances de la cort.

Havia arribat la Princesa de la Foscor.

—Diamant! Que contenta estic de veure't! —va exclamar Kalea.

La Princesa de la Foscor oferia un aspecte insòlit: portava els cabells imperceptiblement esbullats pel vent i tenia un to daurat a les galtes. Això va sorprendre molt Kalea, que recordava la pal·lidesa de la seva germana, conseqüència dels molts anys que havia viscut al Regne de la Foscor, i el seu caràcter més aviat introvertit, sovint variable i capriciós, com els rius subterranis del seu regne.

Diamant es va adonar de l'estupefacció de la seva germana i es va afanyar a comentar:

—Se'm nota que he passat un temps a l'aire lliure, oi?

—Ja ho pots ben dir. Però t'asseguro que aquesta versió bronzejada t'afavoreix.

—Després de tants anys de foscor, la meva pell havia adoptat una coloració lletosa. Ara, en canvi...

—Estàs guapíssima —la va tranquil·litzar Kalea—. I a

Flordoblit hi estaràs la mar de bé. Però, per si de cas, demanaré al guaridor que et prepari un ungüent de protecció solar. Aquí, el sol pica fort i el reflex de l'aigua encara el fa més potent.

—Gràcies —va dir Diamant amb un somriure. Les atencions de la seva germana la feien sentir important.

Robí Blau va entrar després de la seva esposa.

—Bon dia, Kalea! —la va saludar, alegrement—. Ai, perdoneu! —va dir mirant el terra—. No m'havia adonat que duia tanta sorra a les butxaques. Hem topat amb una tempesta de sorra tornant del Regne del Desert i temo que me n'he emportat una gran part.

Tots tres es van posar a riure. Kalea va provar d'afegir-se a aquella atmosfera alegre i despreocupada, però va ser inútil. Malgrat el seu optimisme innat i el seu caràcter animós, no podia allunyar la inquietud que havia sorgit del somni de la nit abans, perquè estava convençuda que presagiava alguna cosa greu.

—No pateixis, Robí —va dir, forçant un somriure—. Aquí, la sorra és la reina; a més, tenim unes sargantanes molt hàbils que ho netejaran en un tres i no res sota el guiatge de la nostra Ina.

En efecte, així que Ina va sentir esmentar el seu nom, es va precipitar a l'entrada i en pocs instants va retirar tota la sorra que havia portat Robí.

—Déu n'hi do, quina eficiència... i velocitat! —va observar Robí.

Ina, complaguda, va formar un rínxol coquetó amb la cua i va desaparèixer pel passadís. Era una sargantana i, com totes, era una mica tímida!

—Mira qui tenim aquí! Naehu! —va exclamar amb entusiasme la Princesa de la Foscor.

—Benvinguda, princesa Diamant! —va dir el noi.

—Sisplau, Naehu, digue'm Diamant i prou. Purotu i tu sou com germans per a Kalea. I això també val per a mi. Més ben dit: per a nosaltres —es va corregir, mirant Robí.

El noi li va fer un somriure, agraït.

Kalea estava contenta de veure la seva germana tan feliç. Era evident que una part del mèrit corresponia a l'amor que, finalment, havia trobat.

No havia passat gaire temps del dia en què Diamant i Robí s'havien unit en matrimoni: Kalea no oblidaria mai l'emoció que havia sentit en veure'ls junts; la mateixa que havia omplert el seu cor en casar-se, aquell mateix dia, amb el seu estimat Kaliq.

Deixant de banda aquells records tan dolços, la Princesa dels Coralls es va fixar que Diamant i Robí no havien canviat gens d'ençà que se n'havia acomiadat, al final de la festa de les seves noces... bells i somrients, i la Princesa de la Foscor semblava resplendir amb una llum especial. Possiblement perquè, a partir d'aquell dia, el seu caràcter també s'havia dulcificat!

—Acompanyeu-me, sisplau. M'imagino que deveu estar cansats —va dir Kalea als seus invitats.

—Sí, però la fatiga queda compensada per les meravelles que hem descobert durant el viatge —va comentar Diamant, entusiasmada.

Kalea els va acompanyar al saló del tron i, un cop allà, va ordenar que els portessin begudes fresques i es va asseure. Es delia per tenir notícies de Samah, la seva germana gran i Princesa del Desert.

3
Sospites fonamentades

En la fresca del gran saló, guarnit amb flors en honor dels hostes, Diamant i Kalea se sentien tan felices d'haver-se retrobat que tenien la sensació que vivien en un somni.

—És a dir, que ara veniu del desert, oi? —va preguntar Kalea.

—Doncs, sí. L'última etapa del viatge de noces va ser justament allà —va dir Robí, entusiasmat.

—Vam organitzar una excursió amb caravana —va afegir Diamant—. I Samah guiava el grup muntada en Amira, la seva esplèndida euga de pelatge daurat...

—Va ser l'euga qui ens va guiar a través de la tempesta de sorra que ens va sorprendre quan tornaven cap a Rocadocre —va insistir Robí.

—No entenc com s'ho va fer, perquè no es veia res de res —va afegir Diamant, completant oportunament la frase del seu marit.

—Els animals posseeixen un instint molt més desenvolupat que el nostre. És per això que poden sobreviure fins i tot en les condicions més difícils —va observar Kalea, que coneixia prou bé els dots de Garcia, la seva fidel orca.

Les princeses es van passar molta estona fent petar la xerrada sobre el Regne del Desert, el llegendari nèctar de préssec —l'orgull de la ciutat de Rocadocre— i el fabulós Mercat de les Sorres, que un cop a l'any portava a la capital mercaders provinents d'arreu del regne.

—I com està l'Avi? —va peguntar després Kalea a la seva germana, seguint el fil dels records.

—La mar de bé! No t'imagines la il·lusió que em va fer tornar-lo a veure... Després de tants anys, amb prou feines en recordava la cara.

—T'entenc. Jo també em moro de ganes de tornar-lo a abraçar!

Llavors, Diamant es va posar seriosa de sobte.

—Per cert, parlant de l'Avi...

—Que li passa res? —va preguntar Kalea, alarmada.

—No, no, de debò, no pateixis —va replicar Diamant—. Però l'altre vespre... Jo era amb ell, a la terrassa del palau de Rocadocre. Teníem al davant el desert, que s'estenia com un mar d'or a la llum del crepuscle. Tot semblava suspès en un instant perfecte, irrepetible. En aquell moment vaig pensar que no hi havia res al món que pogués valer aquell instant de quietud serena. Però, poc abans de fer-se fosc, l'Avi va fer un discurs molt estrany.

—Explica't més bé.

—No te'n sabria repetir les paraules exactes. Però em va dir que estigués a l'aguait perquè molt aviat arribarien unes forces obscures que amenaçarien els confins del Gran Regne.

—Unes forces obscures? I com se n'ha assabentat, l'Avi?

—Escoltant el vent, com sempre. M'hauria agradat saber-ne més coses, però, després de parlar, va demanar a Samah que toqués. Tot i la nostra insistència, no va voler dir res més sobre aquell tema i es va tancar en un silenci meditatiu.

A Kalea se li va escapar un somriure.

—Els recordo prou bé, els seus silencis. No res ni ningú els pot trencar.

Diamant va assentir.

—La qüestió és que no sé de què es pot tractar, ara que el Príncep sense Nom dorm per sempre al seu palau.

—Llevat que es tracti d'alguna cosa que encara no coneixem —va dir Kalea, pensativa.

Diamant va assentir, seriosa. I després va afegir amb una expressió inquieta:

—Si la situació és tan greu, n'hem de parlar amb el pare. Hem d'anar a Arcàndida!

Llavors va intervenir Robí, que havia comprès que calia frenar la impulsivitat de Diamant.

—Amor meu, acabem d'arribar... Comparteixo la vostra preocupació, però heu de pensar que potser només es tracta d'una suposició. Esperem que sigui demà, per marxar.

Ella el va mirar, perplexa.

—Potser Robí té raó —va comentar Kalea—. Esteu cansats. A més, Emiri està preparant un banquet amb tots els ets i uts per celebrar la vostra arribada!

—D'acord. Esperarem fins demà. Estarem més descansats i raonarem més bé amb el cap fred.

A Robí se li va pintar una expressió de sorpresa a la cara. No se'n sabia avenir, que Diamant s'hagués rendit tan fàcilment. La coneixia prou bé, la seva esposa: tenia un caràcter enèrgic i una voluntat de ferro... Quan decidia una cosa, era gairebé impossible fer-la tornar enrere.

Kalea va copsar la incertesa que manifestava el rostre del Príncep de la Foscor i es va afanyar a concloure:

—Entesos, doncs! Vaig a dir a Emiri que avui s'hi ha de lluir, perquè tenim dos invitats famolencs que s'han de recuperar de la fatiga d'un llarg viatge...

I, tot seguit, es va aixecar i va sortir del saló del tron.

En realitat, allò era un pretext per anar a demanar consell a Kaliq, però no el va trobar enlloc.

—Kaliq! —va cridar—. Que l'heu vist? —va preguntar a dues sargantanes que treien la pols de les bigues del sostre.

Van fer que no amb el cap.

«On es deu haver ficat?», es va preguntar Kalea, mentre el buscava per les estances de palau. El va buscar per totes les sales i passadissos de Flordoblit, refrescats per la brisa marina, però sense cap resultat. Es va començar a preocupar. Llavors, va fer cap al jardí i va recórrer els estrets caminois del laberint florit.

Kalea sabia que a Kaliq li agradava molt aquell indret i que hi passava moltes estones estudiant les plantes. Estava convençut que, si hi parlava i els dedicava tota la seva atenció, les ajudava a conservar la bona salut. I no excloïa un intercanvi que també el podia beneficiar a ell.

Però entre les bardisses del laberint tampoc hi havia cap rastre de Kaliq. Llavors, Kalea va decidir arribar-se a la Badia Blanca. Va accelerar el pas seguint el ritme del remolí d'angoixa que girava dins del seu cor. Quan, finalment, va arribar a la platja, es va adonar que estava deserta.

Es va posar les mans a la cara i va provar de mantenir la calma. El seu malson, la poesia de Naehu, els presagis del vent... Tot eren senyals que advertien d'uns esdeveniments nefastos. I Kaliq havia desaparegut! El cor li bategava amb força i li costava respirar.

La Princesa dels Coralls va fer un esforç enorme per controlar-se. Va decidir tornar, resseguint el camí que duia al palau reial, i després va fer cap a la platja del costat oposat de l'illa, un indret apartat i poc freqüentat, on no tenia gaires probabilitats de trobar-hi el seu marit.

Però va ser precisament allà on el va trobar. Kaliq sortia del mar amb Purotu; a la mà, hi duia una llinya on hi havia enganxat un peixàs. Purotu també en portava un altre de dimensions semblants.

Quan van ser més a prop d'ella i la van veure plorant, tots dos es van afanyar a acostar-s'hi.

—Kalea! Què et passa?

—Kalea, sisplau! Contesta! —va exclamar Purotu, alarmat.

—És que estava tan preocupada, Kaliq! T'he buscat pertot arreu, dins i fora de palau... No et trobava enlloc i he pensat que t'havia passat alguna cosa greu.

—Però per què?

—Naehu ha escrit una poesia molt estranya i Diamant diu que l'Avi va escoltar un presagi funest que li havia portat el vent, i, a més, el meu somni...

—Au, va, mira de calmar-te. No ha passat res. M'he despertat molt d'hora, he trobat Purotu que se n'anava a pescar i he decidit acompanyar-lo.

—Amb un resultat excel·lent, com pots veure! —va exclamar el seu germà, mostrant-li el botí, per desdramatitzar la situació.

Kalea va fer un somriure.

—Teniu raó, perdoneu-me. Potser m'he deixat suggestionar massa pel malson de la nit passada. Potser tot plegat són coincidències sense cap importància i m'estic preocupant inútilment.

—Tornem cap a palau. Tinc moltes ganes d'abraçar Diamant i Robí.

—T'aconsello que abans et facis una bona dutxa —va suggerir Kalea al seu marit—. Et recordo que Diamant té un olfacte extremament sensible.

Tots tres van esclatar en rialles i la preocupació, si més no de moment, es va esvair com una ombra que fa fugir la llum del sol.

4
Un banquet amb tots els ets i uts

Emiri havia preparat cadascun dels plats amb molta cura. Havia treballat un dia i mig per obtenir el millor resultat possible. No havia tingut ocasió de cuinar per a la princesa Diamant, que es deia que era molt exigent en el tema del menjar, ja que, a la cort de Terra-Rotunda, tenia a la seva disposició uns cuiners tan extraordinaris com els fennecs, les guineus del desert. A ells, se'ls atribuïa la creació d'algunes de les receptes més exquisides del Gran Regne. Per això la seva fama era coneguda pertot arreu i n'explicaven unes històries increïbles. Emiri no volia ser menys. Ell també era un cuiner expert i apreciat, i al llarg dels anys havia consolidat una certa fama. Servir a la princesa Diamant li semblava una ocasió única perquè el rumor de les seves habilitats culinàries també es difongués a les zones subterrànies del Gran Regne.

Per això, amb l'ajuda dels seus lloros i de les infatigables sargantanes dirigides per Ina, va parar una taula per dinar que tenia un aspecte realment extraordinari. A les tovalles de seda de mar, fetes totalment amb un bissus[1] de nacra d'una qualitat raríssima i matisos daurats, hi havien aplicat unes minúscules closquetes de mareperla formant dibuixos i motius que feien referència al món submarí. Entremig dels plats, escampades aquí i allà, hi havia flors del jardí, disposades seguint la gradació dels colors i l'harmonia de les fragàncies. La marialluïsa, per exemple, combinava molt bé amb l'hibisc vermell, els *liliums* amb les buguenvíl·lies, i etcètera.

Els plats també eren un regal per a la vista, perquè tenien una presentació com d'escultures. Piràmides de lioneses amb un farcit de crancs rosats i crema d'agüillea selvàtica, una alga deliciosa i molt rara —només Emiri sabia on trobar-la—; entrants de cloïsses amb salmorra de cítrics i amanida d'algues blaves marinades,

1. Dels filaments de la nacra, un mol·lusc, se'n fa la seda de mar.

arròs integral amb gambes, maduixes i carbassons. Els peixassos que havien pescat Kaliq i Purotu destacaven al bell mig d'aquella taula tan sumptuosa, perfumats amb una mescla d'aromes que tenia uns ingredients evidentment secrets. I, per acabar, els dolços: primer de tot el suflé de cireres coral·lines, un fruit raríssim que produeix una espècie de corall que viu exclusivament al voltant de l'Illa de la Lluna; els sorbets assortits amb cinc gustos de vainilla i el semifred de tres xocolates amb ametlles i festucs triturats.

Els hostes es van quedar sense paraules davant d'una taula parada amb tant de luxe; gairebé els atemoria ocupar els seus seients.

—Ànims! Ja us podeu asseure! —va dir Kalea, per trencar el gel i encoratjar els invitats a ocupar els seus llocs, com una perfecta mestressa de casa—. I un gran aplaudiment per Emiri!

Tothom va picar de mans amb entusiasme i admiració, engrescats amb la idea de tastar aquelles creacions tan extraordinàries.

La tarda va transcórrer serena i despreocupada, entre històries, anècdotes, bromes i rialles. I el sol va començar a anar cap a la posta, entre l'exuberant vegetació de l'Illa de les Estrelles, fins que una brisa marina va refrescar el saló del menjador, anunciant el vespre.

~*~

L'endemà, a trenc d'alba, Diamant i Kalea van abandonar el palau per anar a fer una passejada. Després d'haver estat separades durant tant de temps, sentien un gran desig de passar una estona juntes i a soles.

—Et ve de gust anar a la Badia Blanca? És la platja més bonica del regne.

—Encantada! He trobat molt a faltar el mar tots els anys que he viscut a Terra-Rotunda.

—Ho entenc..., però al Regne de la Foscor hi ha els Gorgs Multicolors. És clar que no es poden comparar amb el mar, però les aigües càlides i aquells colors tan intensos són d'allò més engrescadors...

—Sí, els gorgs sempre et deixen bocabadada, quan els veus per primera vegada. També és mèrit de les roques del regne, que, amb els seus minerals, proporcionen uns reflexos extraordinaris a l'aigua —va respondre Diamant, tornant de pensament al seu misteriós regne subterrani.

Quan van arribar a la platja, Diamant va quedar extasiada amb l'espectacle que se li oferia davant dels ulls. Era un indret realment encisador, que li recordava les mines de sal del Regne de la Foscor a causa de la blancor enlluernadora de la sorra.

Es va inclinar per agafar-ne un grapat. La formaven minúsculs fragments de conquilles barrejats amb una pols alba i finíssima.

—És sorra coral·lina —va explicar Kalea—. La més fina i blanca que es troba en tot el regne. I és única perquè l'escalfor del sol la fa tornar tèbia però no crema!

Era ben cert: tot i que anaven descalces, la sorra no els abrusava els peus.

—M'hi podria passar hores, contemplant-la...

Després, Diamant va alçar la mirada i els seus ulls es van trobar amb l'intens color turquesa jaspiat del mar. La mateixa brisa que perfumava de sal i esbullava delicadament els cabells de les dues germanes arrissava lleument la superfície del mar.

—S'hi està bé, aquí, oi?

—És un paradís. Ets molt afortunada, Kalea.

—Això també és casa teva, Diamant. Te'n recordes? Ara que el Gran Regne s'ha reunificat, no hi ha fronteres entre nosaltres!

Diamant va abraçar la seva germana. La va estrènyer amb força i després li va dir:

—Vaig a fer una capbussada.

—Saps nedar?

—No. Que és difícil?

—Dona, necessites una miqueta de pràctica. I no et pots capbussar amb aquest vestit!

Diamant va observar el seu vestit i va admetre que la seva germana tenia raó.

—És cert, no és gaire adequat per nedar.

—Vine, que et deixaré una roba més adient!

Però, just en aquell moment, van sentir un batec d'ales darrere seu. Semblava trasbalsat i frenètic. Totes dues princeses es van tombar alhora i van veure Jay Jay, el pelicà carter de la cort.

Estava tan exhaust que amb prou feines es podia mantenir suspès en l'aire.

—Jay Jay! Què passa? —li va preguntar Kalea.

Llavors, el pelicà es va acostar a la Princesa dels Coralls, i, quan va ser davant seu, va deixar caure una cosa

que subjectava amb el bec. Després, es va posar damunt d'un tronc que les onades havien arrossegat a la platja.

Jay Jay li havia entregat un tros de paper cargolat i lligat a un branquilló per evitar que sortís volant. Kalea el va recollir i el va desplegar sota la mirada atenta de Diamant.

La princesa el va llegir en veu alta:

Estimada germana,

Avui, a Jangalaliana, ha aparegut el Canviant, l'ocell que anuncia desgràcies. Em penso que alguna cosa molt greu està a punt d'abatre's sobre el Gran Regne i sobre nosaltres. Vannak i jo marxem immediatament cap a Arcàndida. Ens hi hem de reunir tots per decidir què cal fer. Te n'encarregues tu, d'avisar Samah?

Una abraçada,

Iara.

Així que Kalea va alçar els ulls del full, va semblar que Diamant li llegia el pensament:

—Si el Canviant ha aparegut és que es tracta d'una cosa realment greu.

—No et preocupis, Vannak acompanya Iara. És un noi valent. Se l'estima molt i la protegirà.

Kalea es va quedar pensativa una estona. Després, va dir:

—Val més que nosaltres també ens posem de camí.

Les princeses van tornar corrent a la cort i van explicar el que havia passat.

~*~

Al saló del tron de Flordoblit, s'hi van reunir Kaliq, Robí, Naehu i Purotu, que van escoltar la història que relataven Kalea i Diamant sense dir ni una paraula.

Una sola veu es va atrevir a trencar el silenci quan la Princesa dels Coralls va anunciar la seva imminent partença cap al Regne dels Gels.

—Us hi acompanyarem! —va exclamar Purotu.

—D'acord, però algú ha d'anar al més aviat possible a Rocadocre, al Regne del Desert, per avisar Samah.

Les mirades es van encreuar.

—Ja me n'encarrego jo —es va oferir Naehu—. No hi he estat mai, i m'agradaria molt veure el desert. A més, d'aquesta manera us seré útil.

Kalea i Purotu es van intercanviar una mirada perplexa. Naehu era un bon jan, però encara n'havia d'aprendre molt, de missions arriscades.

—Trobo que és una gran idea! —va dir Kaliq, que va sorprendre tothom amb el seu vot de confiança al noi.

Naehu va fer un somriure de felicitat.

No s'hi va oposar ningú.

—D'acord, però vés amb compte. El desert és un indret misteriós, ple de paranys i perills.

—No passis ànsia, Kalea. Estaràs orgullosa de mi.

Mentre Naehu es precipitava a la seva habitació per agafar els quaderns de poesia que pensava sotmetre al judici de l'Avi, Diamant s'espremia el cervell per traçar l'itinerari que haurien de seguir per arribar al Regne dels Gels Eterns.

—Com hi anem, a Arcàndida? Si utilitzem els passatges màgics, farem una gran volta! Des d'aquí, arribem a Rocadocre, però des de Rocadocre haurem de passar pel Regne dels Boscos i des d'allà...

—Tranquil·la, Diamant —la va interrompre Kalea—. Comptem amb l'ajuda d'algú que ens portarà de dret a la nostra destinació —li va replicar Kalea, amb un somriure.

Llavors, la Princesa dels Coralls va guiar tot el grup fins a la Badia Blanca i va cridar l'orca Garcia i les seves companyes.

—I ara! Vols que munti en aquell... peix?! —va preguntar Diamant, estupefacta.

—Per començar, no és un peix: és un mamífer. I per què no hi vols muntar? Les orques són uns animals dòcils i ràpids. Et divertiràs.

—M'estranyaria molt!

—Ànims, Diamant. Te'n recordes de quan vam marxar de la Roca de la Son? Si no ho recordo malament, vas pujar al llom d'una gàrgola sense pestanyejar. No em diràs que ara tens por! —va exclamar Kalea, que sabia perfectament que havia tocat la tecla adequada per convèncer la seva germana: la de l'orgull.

Diamant va apartar la mirada dels presents per mirar el dors de l'orca que l'esperava. Mai de la vida admetria que estava esporuguida. Que la Princesa de la Foscor té por d'una orca? Imaginacions!

—Som-hi! —va dir, encaminant-se cap a l'aigua molt decidida.

Kalea va picar l'ullet i li va ensenyar a pujar al llom de l'orca; quan els altres també van estar preparats, va ordenar Garcia que guiés el grup a través del Mar dels Camins.

5

Reunió a Arcàndida

A Arcàndida, hi feia un dia extraordinàriament càlid. El sol, molt amunt del cel, il·luminava les parets de gel del palau reial i les feia resplendir com si estiguessin fetes de mil diamants meravellosos. Nives i Gunnar, que s'havien llevat molt d'hora, havien decidit fer una cursa per la planura glaçada a cavall de dos llops de la guàrdia reial. Ho havien fet altres vegades, en el passat, però des que un son màgic havia fet tornar innocus el Vell Rei i el Príncep sense Nom, que dormien per sempre al seu palau, finalment se sentien lliures i en pau.

—Com als vells temps! —va exclamar la princesa enfonsant les mans en l'espès pelatge del llop.

Gunnar, al seu costat, va muntar al llom del seu fidel amic i li va fer un somriure.

—Millor que als vells temps.

Tots dos van recular en el temps de pensament, fins a l'època en què Gunnar, víctima d'un encanteri cruel, havia estat transformat en llop, i amb aquella fesomia havia entrat a formar part de la guàrdia del Rei Savi. Possiblement hauria continuat essent un llop tota la resta de la seva vida, si no hagués estat per l'amor de Nives, la qual, amb les seves llàgrimes, havia desfet l'encanteri i havia retornat l'aspecte humà a Gunnar.

Pensant en aquell moment, el Príncep dels Gels va tornar a sentir una emoció molt intensa. Però, quan estava a punt de parlar-ne a Nives, ella li va posar un dit als llavis i li va dir:

—Xst! A veure si m'atrapes!

La princesa va esperonar la seva muntura, que va arrencar a córrer veloçment cap endavant, seguida de prop per l'altre llop i Gunnar.

~*~

Abocats a la finestra de la seva estança, el rei i la reina observaven l'escena des de dalt, amb la mirada fixa en les dues petites figures que solcaven la planura nevada en direcció a l'horitzó llunyà. Gaudien de la immensa pau que els envoltava i del silenci que la neu contribuïa a mantenir absolut.

El sobirà va mirar intensament la seva esposa: els ulls li reien en el sol del matí.

—Alguna vegada penses en com en som, d'afortunats?

—Sí —va respondre la reina—. Tenim molts motius per ser feliços... La pau retrobada, la nostra família reunida, les princeses felices: Nives amb Gunnar, Kalea amb Kaliq, i Diamant amb Robí.

—Sí —va dir el rei—. Quina sensació més estranya... encara penso que són unes nenes.

—Però ja són unes dones. Justament ara pensava en Kalea i Diamant. L'alegria d'haver-les vist vestides de núvia el mateix dia em va compensar el disgust de no haver assistit al matrimoni de Nives.

—No hi pensis més. Ara que hem trencat l'encanteri, podràs recuperar tot el que et vas perdre durant els anys d'empresonament a la Roca de la Son. Ja ho veuràs, ben aviat tindrem unes altres alegries i més celebracions...

—Sí. Segur que Samah també trobarà aviat algú que li conquerirà el cor!

—Tant de bo! —va respondre el rei—. I Iara també, encara que és la més petita, segur que ens reservarà sorpreses.

—Tu també t'hi has fixat?

—En què?

—Però si es nota molt! Entre Vannak i ella hi ha una sintonia molt especial.

—De debò? —va replicar el rei, fingint sorpresa.

—Les nostres filles creixen, és inevitable —va dir la reina, en broma—. I ara que el Gran Regne torna a estar unificat, i els passatges màgics entre els regnes estan oberts, hi estarem en contacte malgrat les distàncies! Tal com tu has dit abans, som molt afortunats.

El rei va fer un somriure perquè, aparentment, tot anava com una seda al Gran Regne reunificat.

Però no era ben bé així al passadís de davant de la seva estança, on, de cop i volta, es va sentir soroll de trencadissa. Quan el rei i la reina van obrir la porta, es van trobar amb Arla i Erla, les dues cuineres de la cort, que, per variar, s'estaven barallant. El motiu de la discussió era ben evident: a terra, damunt la flonja catifa que recobria el paviment, hi havia una plata de pizzetes esmicolada. Tot de bocins de pasta tova i fumejant jeien escampats per terra, com un trencaclosques que s'hagués de recompondre. Damunt d'un moble que hi havia al costat, descansava una safata de plata curulla de requisits: gots plens a vessar de suc de taronja fresc, fruita assortida del Gran Arbre, pa torrat i uns vasets plens de melmelada, cafè i te fumejants.

—Ha estat culpa teva! Ets una barroera acabada! —va exclamar Erla, renyant la seva germana petita.

—Barroera, jo? Però si la safata t'ha caigut a tu, no a mi! —va protestar Arla, amb les mans als malucs i una mirada severa.

—Però ets tu qui m'ha empès! Que et penses que no me n'he adonat?! —va replicar Erla.

El rei i la reina van observar les dues dones i no van poder contenir un somriure. Eren tan gracioses! Tot i ser germanes, eren molt diferents entre si. L'una, alta, prima i tibada; l'altra, baixa i rodanxona.

Quan les dues cuineres es van adonar que el rei i la reina presenciaven l'escena, es van quedar mudes de cop, molt avergonyides perquè les havien enxampat *in fraganti*.

—Bon dia, Erla i Arla —va dir el rei.

Totes dues van fer una petita inclinació amb el cap.

—Bon dia, Majestat. Us portàvem l'esmorzar, però... —va començar a dir Erla.

—Ah, gràcies! Ens morim de ganes d'assaborir-lo —va intervenir la reina per evitar que les dues germanes reprenguessin la baralla.

—Vinga! Porta la safata a dins i no facis més desgràcies! —va dir Arla a la seva germana.

I Erla la va obeir, dedicant-li una mirada de desafiament, més graciosa que amenaçadora.

Així que les cuineres es van retirar, deixant en l'aire del passadís el ressò de les seves picabaralles, el rei i la reina es van asseure a la taula de l'estança i van començar a esmorzar.

El rei va agafar un préssec molt gros.

—El Gran Arbre és un do molt valuós —va comentar—. Una sola planta que és capaç de produir una varietat tan gran de fruits i flors!

—M'agradaria tornar-lo a veure. Ha canviat gaire? Fa tants anys que no poso els peus a la gruta on està custodiat... Recordo que abans em relaxava molt collir-ne els fruits.

—Hi anirem molt aviat, t'ho prometo. A més, segurament caldrà que en tinguem cura, ara que Helgi és tan lluny... —va dir el rei, fent mala cara.

Però la reina no va tenir temps de tocar el tema, perquè es van tornar a sentir les veus de les dues cuineres al passadís. Aquesta vegada tenien un to alegre.

—Majestats! —van cridar, excitades.

—Tieta! —exclamaven dues veus al darrere.

Al cap d'un moment, van irrompre a l'estança del rei i la reina les dues cuineres i les dues cosinetes de Nives: Tallia i Thina.

—Què us passa, petitones? —va preguntar la reina.

Li va respondre Tallia, la més petita però la més decidida:

—Una sorpresa molt i molt bonica! Diamant i Kalea estan arribant a la cort! —va exclamar, contentíssima.

—De debò? —va preguntar la reina, incrèdula. Les seves filles no l'havien avisat que venien de visita. Sorpresa, es va aixecar, seguida del seu marit, i, en companyia de les seves nebodes i les cuineres, va fer cap a l'entrada. El majestuós portal encara estava tancat.

Quan els batents es van obrir de bat a bat, a l'altre costat hi va aparèixer una petita expedició composta per Diamant i Robí Blau, Kalea i Kaliq Zaba, i Purotu.

Després de les salutacions protocol·làries, el rei els va preguntar:

—Esteu bé? No sabíem que teníeu pensat venir a veure'ns tan... inesperadament.

Era evident que una expedició com la que acabava de traspassar el llindar d'Arcàndida feia intuir que havien de tractar d'un tema important i, possiblement, urgent.

—Per ser sincera, ha estat una decisió d'última hora —va respondre Kalea, panteixant.

—Què ha passat? Digueu-m'ho! —va demanar el rei.

—Val més que en parlem amb calma i asseguts —va suggerir Kaliq.

—On és Nives? —va preguntar llavors Diamant.

—És amb Gunnar. Han sortit a primera hora del matí, però no trigaran a tornar —els va explicar la reina.

Tot el grup es va dirigir al sumptuós Saló de les Espurnes.

—Pare, també estan a punt d'arribar Iara i Vannak, del Regne dels Boscos, i Samah, del Regne del Desert.

—Els esperarem! —va dir el rei, amb aire solemne.

Dins del cor, hi notava un pes que encara no podia identificar. Però, com si ja intuís el motiu d'aquella visita inesperada, sentia que no podia esperar més. Havia mantingut les seves filles ignorants d'aquell secret durant massa temps. Ho havia fet per protegir-les, perquè poguessin créixer serenes i segures, però ja no el podia ocultar més. Estava convençut que ho entendrien.

En aquell moment va arribar la tieta Berglind.

—Diamant! Kalea! Quina alegria! Ha estat una gran idea això de venir a fer-nos una visita sorpresa. Ara que, si ens haguéssiu avisat, us hauríem acollit amb tots els honors. Erla! Arla! Ja podeu encendre els fogons! Hem de celebrar que... —va exclamar la tia, amb un torrent de paraules.

—Asseu-te tu també, sisplau —va dir el rei en un to seriós—. He d'explicar una cosa en presència de tots. I hem d'esperar l'arribada de Iara i Vannak, i la tornada de Nives i Gunnar.

La comtessa Berglind es va adonar que hi havia un ambient estrany, per això va fer un petó a les nebodes, va saludar els prínceps i Purotu, i es va asseure, tal com li havia dit el rei.

Al cap de poc, els Prínceps dels Gels també van fer la seva entrada al saló.

—Què passa, aquí? —va exclamar Nives, mentre corria a abraçar les seves germanes.

Gunnar, que va copsar una atmosfera inquieta a l'estança, va suggerir a Nives que s'assegués en un dels sofàs del saló.

—Hi ha una cosa que heu de saber —va dir el rei en un to greu.

Just en aquell moment, les altres princeses van entrar al saló. La primera va ser la més jove, Iara. Empunyava el seu arc i tenia un aspecte altiu i madur. Vannak era al seu costat.

—Benvinguts —els va saludar el rei.

La reina els va demanar que s'asseguessin. Iara va saludar les seves germanes i va intercanviar una mirada d'entesa amb Kalea, a qui havia enviat el missatge d'alarma.

Poc després va arribar Samah.

—Ah, veig que ja hi sou tots.

—T'estàvem esperant —va dir la reina.

—I Naehu? —va preguntar Kalea.

—S'ha quedat a Rocadocre, amb l'Avi. Tenien moltes coses de què parlar.

Saber que el jove poeta estava sa i estalvi en companyia de l'Avi va tranquil·litzar Kalea. No dubtava que s'entendrien molt bé, tots dos.

La primera de parlar va ser Diamant.

—El motiu d'aquesta visita no és donar-vos una sorpresa, com s'ha pensat la tieta, sinó parlar d'un tema molt important. Els últims dies han aparegut uns senyals inquietants, uns presagis que no podem ignorar.

—Al meu regne, més ben dit, a la meva part del Gran Regne —es va corregir immediatament Iara, que sabia que per al seu pare era molt important la unitat restablerta del regne—, s'hi ha presentat el Canviant.

El rei es va aixecar d'un bot.

—N'estàs segura?

Iara va assentir.

—Feia molts anys que no el vèiem. Des que el Bosc

Vivent va quedar inundat després d'una estació de pluges fora del normal.

—Me'n recordo. El Canviant es va presentar uns quants dies abans de la inundació i després va desaparèixer en el no-res.

—Perdoneu, però, què és el Canviant? —va preguntar la tieta Berglind, que no tenia gaire bona memòria.

Li va respondre Iara:

—És un lloro molt estrany; li agrada viure aïllat. En diuen així pel seu plomatge, que té l'extraordinària característica de canviar de color contínuament.

—Que vols dir que és... màgic? —va demanar l'anciana, preocupada.

—No —va intervenir la reina—; es tracta d'un ocell extremament sensible, capaç de percebre les calamitats abans que tinguin lloc. Quan això passa, el color de les plomes li canvia de sobte.

—Que interessant! Que interessant! —va respondre la tieta Berglind, que es ventava nerviosament amb un vano de seda blau cel.

—Digue'm, Iara: quan el vau veure, el Canviant? —va preguntar el rei, preocupat.

—Fa un parell de dies. Immediatament, vaig enviar un missatge a Kalea per avisar-la i convocar-la aquí. Sabia que Diamant i Robí eren amb ella, i que des del Regne dels Coralls és més fàcil posar-se en contacte amb Samah. I ja ens tens aquí.

—Has fet molt bé.

—Jo vaig tenir un malson —va intervenir Kalea, que ja no s'ho podia guardar més dins del pit—. Un malson espantós. Hi havia uns vaixells a l'horitzó de Flordoblit. Eren enormes i avançaven en la nit. Jo era a la platja i provava de fugir, però no podia. Quan els vaixells es van acostar, em vaig fixar que, als bucs, hi tenien incrustades conquilles i closques de mol·luscos, com si haguessin emergit directament de l'abisme. Eren horribles. I no hi havia tripulació. Vull dir que em va semblar que no. Perquè llavors em va despertar Kaliq i es va esvair tot.

Kaliq li va posar una mà a l'espatlla, per infondre-li ànims i coratge.

Després d'una petita pausa, Kalea va proseguir:

—I el més inquietant era la música somorta que acompanyava el somni; era com una lletania sinistra de veus incomprensibles, que vaig continuar sentint quan ja estava desperta, fins que es va fer de dia.

Al saló, hi regnava el silenci; tots havien quedat molt afectats per la història de Kalea.

—Què signifiquen aquests esdeveniments, pare? —va preguntar llavors Samah, ansiosa per saber-ho.

—Que hi ha un secret que he guardat durant massa temps dins del meu cor. I ja ha arribat el moment que vosaltres també el sapigueu.

6

El secret del rei

Al Saló de les Espurnes, hi regnava un silenci solemne i tan dens que era gairebé tangible. Era el silenci de l'espera, abans de descobrir el gran misteri que mantenia les princeses al marge de la veritat sobre el seu passat.

La mirada seriosa del seu pare presagiava que el que estava a punt de revelar donaria sentit a uns esdeveniments que havien estat un misteri durant massa temps.

Després d'uns instants que va necessitar per posar ordre als seus pensaments, el rei va començar a parlar:

—Fa molt de temps, quan vosaltres encara éreu petites, va passar una cosa molt greu. Va ser Helgi, el nostre jardiner i amic fidel, qui me'n va posar al corrent. Abans, Helgi havia treballat per al Vell Rei; era el jardiner de la seva cort. Però, quan es va adonar de la crueltat del seu senyor, va decidir marxar. I em va demanar protecció. Jo el vaig acollir sense pretendre obtenir res a canvi, però ell em va obsequiar amb el Gran Arbre. Quan el va plantar a la gruta on encara és ara, era poc més que un arbust.

Tothom va assentir.

El rei va reprendre l'explicació.

—En aquella època, el Consell dels Cavallers acabava de prendre la decisió de declarar la guerra al Vell Rei. Eren tantes i tan greus les injustícies que tacaven el seu cor violent, que les armes semblaven l'única sortida per aturar la seva set de poder. Però llavors ningú sospitava que el nostre enemic havia segellat un pacte amb un aliat terrible: la germandat de les Bruixes Grises.

—Les Bruixes... Grises?! —va repetir Iara, sobresaltada.

—Sí, Iara, ho has sentit bé. Són uns éssers sense edat i sense cor, dotats d'una arma astuta i maligna, l'anomenada Màgia Incolora.

La Princesa dels Boscos no es podia creure el que acabava de sentir.

—Però... Qui són aquestes bruixes? Com és possible que no n'haguem sentit a parlar mai? —va preguntar Samah, que, com a primogènita, sabia moltes històries dels regnes.

—El seu origen és un misteri —li va respondre el rei—. L'únic que en sabem és que les va convocar el tirà per contrarestar l'exèrcit que jo havia organitzat contra ell. En realitat, no van prendre part en el conflicte, però van revelar al nostre enemic els secrets de la Màgia Incolora, que ell va utilitzar per combatre'ns. Va ser Helgi qui m'ho va confiar, poc després de la seva arribada a Arcàndida.

—Un moment... —va saltar Kalea, seguint el fil d'un raonament propi—. Al Rei Malvat no li feia por que les bruixes li demanessin alguna cosa a canvi?

—Aquest és el quid de la qüestió, filleta. El pacte que el Vell Rei va segellar amb les seves aliades consistia en el fet que, a canvi de la màgia, els concediria el govern del Gran Regne un cop acabada la guerra...

—Però les coses no van anar com s'esperava —va intervenir Samah, arrugant el front—. No la va guanyar ell, la guerra!

—Exacte: el Rei Malvat va ser derrotat i empresonat en un son màgic amb tota la seva cort. Quan em vaig adonar que el nostre adversari utilitzava sortilegis de la Màgia Incolora, vaig comprendre que l'única solució per acabar la guerra era fer sortir d'escena el tirà amb un encanteri.

—Et refereixes a la Cançó de la Son?

—Sí. Era l'única possibilitat que teníem: adormir el rei per fer-lo inofensiu sense haver d'afegir més violència a la violència. Poc abans de cedir a l'efecte de l'encanteri, el tirà em va anunciar amb un somriure burleta que les bruixes es venjarien i que reclamarien allò que els havia promès: el domini del Gran Regne.

—No és possible! El pacte es va trencar amb la derrota del Vell Rei! —va exclamar Iara, enrabiada.

—Malauradament, les bruixes no hi van estar d'acord. Després d'assistir a la caiguda del Vell Rei, es van enfurismar. La seva ràbia només necessitava un pretext per esclatar. Si l'hagués reunificat, el regne hauria estat al punt de mira de la seva venjança i hauria tornat a condemnar el nostre poble a una altra guerra infausta. Per això, seguint el consell de Helgi, vaig dividir el regne, confiant les corones dels Cinc Regnes a les princeses.

—I es van venjar, les bruixes?

—Oi tant, Samah. Van buscar el Príncep sense Nom i li van proporcionar les eines per portar a terme tot el que ha fet. El van instruir en els sortilegis de la Màgia Incolora, i li van ensenyar a canviar de fesomia i a traslladar-se d'un lloc a un altre a través del cercle negre dibuixat al terra. I tot això perquè pogués despertar el Vell Rei i la cort adormida.

—Perdoneu, perdoneu —va intervenir la tieta Berglind, sense deixar de ventar-se—, però m'estic perdent en aquesta explicació tan llarga. Has dit que les bruixes van instruir el Príncep sense Nom, però... com és que ell no dormia amb la resta de la cort?

El rei va mirar la reina i va abaixar la mirada.

—Quan vaig pronunciar l'encanteri de la Cançó de la Son per adormir el Vell Rei, el Príncep sense Nom havia desaparegut. El vam buscar per totes les estances de palau, però no el vam trobar enlloc. Per això...

El rei va fer una pausa, entretancant els ulls. Tothom el va mirar, contenint la respiració.

Després, va afegir en un murmuri:

—Per això la reina va ocupar el lloc del príncep, perquè l'encanteri pogués funcionar.

La tieta Berglind es va aturar en sec. Es va adonar, una mica massa tard, que havia comès una indiscreció, burxant en els records d'un passat que el rei i la reina desitjaven oblidar de tot cor.

—Perdoneu, perdoneu —va dir, posant-se una mà a la boca—. No sé com he pogut fer una pregunta tan inoportuna! Em sap molt de greu!

—No pateixis, tieta: ja és aigua passada —va dir la reina, agafant-li la mà amb delicadesa.

El rei va reprendre l'explicació:

—Tal com us deia, les bruixes van buscar el Príncep sense Nom i el van instruir en les arts màgiques. Ho van fer per obtenir el que volien, però el seu pla va tornar a fracassar. Igual que el Vell Rei, el príncep va patir una derrota. Per això, tal com us podeu imaginar, el desig de revenja de les bruixes és més fort que mai. Per tant, el Canviant, la poesia de Naehu, els vaixells que Kalea va veure en somnis, les veus del vent que va sentir l'Avi... tot són senyals que anuncien el seu retorn. L'atac de les Bruixes Grises és imminent.

Quan el rei va acabar de pronunciar aquestes paraules, s'hi va fer un silenci sepulcral, al saló, com si els cors de tots els presents s'haguessin aturat en sentir aquella notícia tan terrible.

~*~

Al cap d'uns instants interminables, el Príncep dels Gels va decidir trencar el silenci.

—Majestat, m'agradaria preguntar-vos una cosa, si m'ho permeteu.

El rei va assentir.

—Què se n'ha fet, de Helgi?

—És aquí on volia arribar —va respondre el sobirà—. Poc després de la divisió del regne, Helgi va partir per complir una missió molt difícil i delicada. S'havia ofert a anar als confins del Gran Regne per vigilar de prop els moviments de les Bruixes Grises. Jo vaig adoptar la seva fisonomia, per no haver de donar explicacions sobre la seva desaparició i, alhora, per poder estar a la vora de les princeses i protegir-les en cas de perill.

A continuació, es va dirigir directament a les seves filles, que el miraven estupefactes:

—M'imagino la vostra consternació: tants anys demanant-vos on era el vostre pare, dies i nits amb una pregunta angoixant al cor. Penseu que per a mi també va ser un turment ser tan a prop vostre i no poder revelar-vos qui era en realitat, però no tenia elecció.

Les princeses estaven confoses, però, en el fons del cor, tenien la certesa que el seu pare havia actuat d'aquella manera per protegir-les i per salvaguardar el bé més preciós de tots: la pau al Gran Regne.

—Però Helgi... tornarà? —va preguntar Nives, amb els ulls plens de llàgrimes.

—No us ho sabria dir. Fa molt de temps que no en rebo notícies. —Havent dit això, va fer una pausa que va tallar l'alè de tots els presents.— Em fa por que no estigui empresonat a Castelloblic.

—A Castell... què? —va preguntar Iara.

—Castelloblic, la residència de les bruixes. És un lloc misteriós, que vaga contínuament pels confins del regne, ocult per una boira densa que fa molt difícil localitzar-lo. Tinc entès que és molt perillós.

—Per què?

—Segons em va informar Helgi en els seus últims missatges, l'estructura del castell canvia constantment: portes, paviments, escales, finestres... tot canvia de posició per confondre i desviar qualsevol persona que s'atreveixi a aventurar-s'hi. Només de pensar que Helgi pugui estar en mans de les Bruixes Grises, sento un gran remordiment. Hi hauria d'haver anat jo, no ell. I, en canvi, ara...

—Encara no s'ha dit l'última paraula! —va exclamar Iara, empunyant el seu arc—. Anirem a buscar Helgi, sigui on sigui!

—Hi estic d'acord. L'hem de salvar —va afegir Nives, molt segura.

—Sí, tenim el deure de tornar-lo a casa —va dir Diamant, més decidida que mai.

—Calmeu-vos, noies. El vostre pare us dirà què heu de fer —va concloure la reina, per apaivagar els ànims de les seves filles.

Llavors, el rei es va aixecar i va dir:

—Tots junts farem els possibles per trobar Helgi. Hem de ser conscients que ens enfrontarem a un perill molt greu, però estic convençut que, units, ens en sortirem!

Aquelles paraules van infondre coratge al cor de tots els membres de la família reial, que estaven disposats a arriscar la vida per rescatar Helgi i salvaguardar la pau al Gran Regne.

7

A punt de marxa

Reconfortat pel coratge i la noblesa de cor de les seves filles, el rei va sentir que, després de molt de temps, l'envaïa una inesperada esperança de retrobar el seu fidel conseller. És clar que l'empresa que es disposaven a endegar no era gens senzilla, però, en aquell cas, més que en cap altre, valia la pena intentar-ho.

Per això, el rei va començar a organitzar la missió tot seguit, explicant a les seves filles com s'haurien de moure.

—Ens dividirem per poder controlar els confins del regne des de punts diferents. Castelloblic i, per tant, Helgi, es podrien trobar en qualsevol lloc. L'única recomanació que us faig és que estigueu molt alerta. A més de despietades i sense entranyes, les bruixes també són molt astutes.

—Però, com ens ho farem per poder-les reconèixer? —va preguntar Iara, encuriosida.

Samah va agafar al vol la pregunta que havia plantejat la Princesa dels Boscos.

—Iara té raó, pare. Encara no sabem qui són les Bruixes Grises ni la fisonomia que tenen. Com ens ho farem per trobar-les? —va demanar.

—Mira, Samah, les bruixes tenen una edat indefinible. Gràcies a la Màgia Incolora es poden transformar de manera que no les puguem reconèixer. Una de les seves característiques és que adopten un aspecte de persona jove davant dels ancians i un aspecte d'ancianes davant de les persones joves.

—I per què ho fan? —va preguntar Kalea.

—Per confondre i enganyar la ment dels seus enemics, petitona. Només per això.

—I què ens pots dir dels seus poders, pare?

—No en sé gran cosa, Diamant. Però sí que et puc dir que la primera és Etèria, la Bruixa de les Tempestes. És la més indòmita i salvatge de totes. Diuen que té una oïda finíssima, capaç de copsar el murmuri més lleu, i un caràcter tan imprevisible i capriciós com el vent.

—Llavors s'assembla una mica a Diamant! —va dir Nives, en broma.

Aquell comentari va tocar el voraviu de la seva bessona, que li va respondre amb una ganyota irritada.

Després, el rei va prosseguir.

—Cendrària és la Bruixa de les Cendres. La caracteritza un apetit insaciable acompanyat d'un desig irrefrenable de destruir tot allò que no li agrada. La tercera és Aquària, la Bruixa de les Marees: una autèntica oradora, capaç d'atordir qualsevol persona amb el poder hipnòtic de les seves paraules. Helgi va experimentar a la seva pell com n'és d'aguerrida i venjativa.

—Quan? —va preguntar Iara.

—En una de les últimes cartes que em va fer arribar, em va parlar de la trobada que havia tingut amb Aquària. La bruixa se li va presentar amb el físic d'una noia jove i bonica. Us ho repeteixo: aquest és el truc que utilitzen les bruixes; adopten un aspecte de persona jove davant dels ancians i un aspecte d'ancianes davant de les persones joves. Tal com us deia, se li va presentar com una noia atractiva, però Helgi no es va deixar enganyar i la va tractar amb indiferència. Llavors, la bruixa es va enfurismar i es va posar a parlar tan de pressa que de poc que no li fa perdre la raó.

—I com es va poder salvar?

—Doncs mira, Nives, posant-se taps de cera a les orelles. Gràcies a aquest estratagema, el poder d'Aquària no va afectar el nostre Helgi. Al final, la bruixa va quedar atordida per la seva pròpia eloqüència i ell ho va aprofitar per fugir.

—I les altres bruixes? —va preguntar Iara.

—La quarta és Fogària, la Bruixa de les Flames. Tal com us podeu imaginar, seria molt fàcil sortir-ne socar-

rimats si ens haguéssim d'enfrontar al seu temperament irascible i... fogós. Diuen que no dorm mai, perquè es passa les nits component unes poesies que l'endemà crema en una gran llar de foc. La cinquena és Xisclòria, la Bruixa dels Sons. Té unes orelles afilades que amaga sota uns cabells llarguíssims i que canvien de color segons les remors i els sorolls que sent. Pel que diuen, és molt presumida pel que fa al seu vestuari.

—Com és possible?! Una bruixa vanitosa? —va preguntar Samah, sorpresa.

El rei va assentir.

—Però no per això és menys cruel. La sisena és Sulfúria, la Bruixa de l'Aire. Segons diuen, és capaç d'advertir la presència de coses i persones des de grans distàncies, gràcies al seu olfacte extremament sensible.

—Déu n'hi do! Semblen unes enemigues molt perilloses! —va comentar Iara.

—Ho són. Però la més temible és Ella, és a dir, la Mai Anomenada, la senyora indiscutible de les Bruixes Grises.

Va semblar que el rei estava a punt d'afegir una altra cosa, però s'ho va repensar i va decidir canviar de tema.

—Us podeu dividir de la manera que us sembli més bé. Ja sou adultes i prou experimentades per actuar pel vostre compte. Jo em quedaré a Arcàndida per si cal afrontar un eventual atac directe. Abans de separar-nos, hi ha una última cosa que heu de saber. En una de les sales de l'Acadèmia del Regne del Desert, s'hi conserva un llibre que conté informació molt valuosa sobre l'origen i les característiques de les bruixes i us pot ser de gran ajuda per combatre-les.

—Un llibre, pare? —va preguntar la Princesa del Desert, alçant una cella.

—Sí, Samah: el *Llibre de les Bruixes*, per ser més precís. Només us en diré una cosa: si decidiu recórrer-hi, recordeu-vos de tractar-lo amb la màxima cautela, perquè és un objecte d'allò més maliciós.

Les princeses el van mirar amb una expressió atònita.

—«Maliciós», dius? Com s'entén això? —va demanar Kalea, esporuguida.

—Hi ha un encanteri de defensa que protegeix el *Llibre de les Bruixes.* El van concebre les mateixes bruixes per impedir que algú pogués revelar els seus secrets màgics al món. Per tant, aneu amb molt de compte, filles, perquè, quan el trobeu, el llibre farà els possibles per evitar que el llegiu...

—I com ens ho farem, doncs? —va preguntar Iara.

—Recordeu les meves paraules: la màgia és aparença, funciona amb les pors dels homes i sempre ataca els punts dèbils. No us deixeu sorprendre i tingueu present que una de vosaltres podrà llegir el *Llibre de les Bruixes* sense patir cap mal.

—I com esbrinarem quina és l'elegida? No hi podem anar totes, a l'Acadèmia del Regne del Desert... —va observar Nives.

—Això té una solució molt fàcil: portarem el llibre a Arcàndida —va proposar Samah—. I, quan tornem, ja trobarem la manera de descobrir quina és la princesa predestinada a desafiar el *Llibre de les Bruixes*.

I després va afegir:

—Si tots hi esteu d'acord, marxaré cap a l'Acadèmia ara mateix.

—Us hi acompanyaré —va intervenir Haldorr. Ja devia fer una estona que havia arribat, el bibliotecari d'Arcàndida, però ningú s'havia adonat de la seva presència.

—Kaliq i jo també vindrem —va dir Kalea—. Ell va estudiar uns quants anys a l'Acadèmia i la coneix molt bé.

—Sí, bona idea. A més, fa tant de temps que no visito aquelles sales... —va dir Kaliq, amb uns ulls brillants d'emoció.

—Doncs nosaltres anirem cap al nord —va dir Gunnar, fent una mirada a Nives, que va assentir.

—Em deixeu venir amb vosaltres? —va preguntar

Purotu, tímidament—. No hi he estat mai, allà dalt, i m'agradaria molt ser útil d'alguna manera.

El noi va dirigir una mirada de súplica a la Princesa dels Coralls:

—Que puc, germaneta?

Kalea li va somriure:

—És clar que sí, Purotu, però... mira de no ficar-te en cap embolic!

—I nosaltres què fem? —va preguntar Diamant, insòlitament confosa enmig de tanta determinació.

—Vannak i jo tornarem a Jangalaliana, i després anirem cap a l'est —va dir Iara—. Si voleu venir amb nosaltres...

—Amb molt de gust! —va exclamar Robí, tan engrescat com Purotu, amb la idea de partir cap a una nova aventura.

—Decidit, doncs! Us acompanyarem al Regne dels Boscos —va concloure Diamant, que va recuperar de cop l'empenta i l'energia.

—Molt bé, ara que ja heu organitzat els grups i les rutes, només em falta desitjar-vos bona sort —va dir el rei—. Estic molt orgullós de vosaltres.

La reina no va voler afegir cap comentari a les paraules del rei, però va abraçar les seves filles, d'una en una, i els va xiuxiuejar paraules d'afecte a cau d'orella.

8
La Bruixa de les Marees

Molt lluny de les blanques muralles d'Arcàndida, en un indret impossible de definir, hi havia un castell inquietant i estrany. Es coneixia amb el nom de Castelloblic, perquè tenia unes portes i unes finestres allargades que semblaven uns ulls que vigilaven la grisor de la boira que els envoltava. Les parets, fetes de totxos que el pas del temps havia ennegrit però que brillaven per l'acció de l'aire humit que les embolcallava, custodiaven uns secrets disseminats pels passadissos i les escalinates que canviaven constantment de posició.

A qualsevol persona que hi topés, li resultaria molt difícil indicar el nombre de pisos o de finestres que tenia. Res no conservava la mateixa forma, tot sofria una mutació perenne secundant el moviment secret de les estances, on regnava un silenci sinistre.

Aquell lloc tan irreal i inquietant era la residència de les Bruixes Grises.

N'hi havia dues d'assegudes al Saló dels Encanteris. Una tercera s'estava en una balconada, escrutant amb la mirada l'inacabable no-res on s'inseria el castell, que era com un punt en una tela blanca. Tenia els braços encreuats i sovint sacsejava el cap, fent onejar els seus cabells ondulats i foscos com el petroli. El seu vestit estava fet de dotzenes de vels que repro-

duïen tots els matisos dels colors del mar i flotaven en l'aire, com onades.

—Aquària, entra! —va cridar des de l'interior una veu imperiosa i decidida.

Però no es va sentir cap resposta provinent de la balconada.

—L'aire humit et confondrà les idees —va afegir una segona veu, més calmosa que la primera—. Fes-me cas o et perdràs en raonaments sense solta ni volta i t'ompliràs de malenconia!

—Voleu parar, totes dues?! —va dir llavors la bruixa de la balconada, que va abandonar el seu observatori per dirigir-se a la sala amb un fregadís de roba—. Que no us adoneu que busco una mica de pau? No m'agrada gens que em destorbin quan necessito concentrar-me!

Llavors, la Bruixa de les Marees va fitar les dues figures que tenia al davant. La primera tenia un físic fort i corpulent, els ulls grisos i una espessa cabellera del mateix color. Vestia una roba basta, de cotó i lli, que li donava aspecte de roca. Era Cendrària, la Bruixa de les Cendres, coneguda perquè no canviava mai d'idea, i que llavors li va dir:

—Si t'he demanat que entressis, bé hi deu haver un motiu, no et sembla?

—Entesos! I quin és aquest motiu? —va preguntar càusticament Aquària.

—Primer de tot, prova de calmar-te —va dir la segona bruixa, que tenia els cabells llargs i arrissats, i duia un vestit d'uns colors tan dissonants que a ningú, tret d'ella, se li hauria acudit combinar-los. Era Xisclòria, la Bruixa dels Sons.— No et volem destorbar, sinó invitar-te a unir forces. Se'ns acaba el temps i hem de rumiar bé el nostre pla.

—Per què parles en plural? —va preguntar Aquària, sorpresa—. D'on ha sortit aquest plural? Jo penso actuar tota sola.

—Però... —va fer Xisclòria, esbatanant els ulls.

—Ja n'hi ha prou! És la meva decisió i l'heu de respectar! —va replicar la Bruixa de les Marees, coneguda pel seu caràcter solitari i rebel.

—Però juntes seríem molt més eficients, no trobes? —va observar Xisclòria, que semblava disgustada per la poca consideració que li tenia Aquària.

La seva pregunta es va quedar sense resposta. Aquària mirava el paviment de sota els seus peus, ignorant literalment les altres dues bruixes. Un silenci estrany es va apoderar del Saló dels Encanteris, fins que el va trencar Cendrària, amb veu profunda i to solemne.

—Aquària: som la Germandat de les Bruixes Grises, les més poderoses de tot el Regne de la Fantasia. Si unim forces, el Gran Regne serà nostre d'aquí a poc temps. Per què t'obstines a no entendre-ho?

Aquària no va permetre que la intimidessin aquelles paraules.

—Ets tu qui no ho entens, Cendrària. La veritat és que som massa diferents per actuar juntes. És millor que cadascuna de nosaltres se centri en el seu objectiu particular. Només aconseguirem sotmetre el Regne a la Màgia Incolora si l'ataquem des de fronts diferents.

Cendrària es va quedar bocabadada.

Llavors, va ser Xisclòria qui va prendre la paraula.

—Creu-me, Aquària, encara que, tal com tu dius, siguem molt diferents, a les bruixes ens agermana un destí comú.

La Bruixa dels Sons va fer una breu pausa, apartant la mirada d'Aquària. Després, va concloure amb una expressió greu:

—Sigui com sigui, t'adverteixo que, si actues tota sola i fracasses, la culpa serà exclusivament teva.

Havent dit aquestes paraules, Xisclòria va sortir de l'estança.

Cendrària la va seguir amb la mirada mentre sortia del saló, passant per sota de l'enorme volta de fusta fosca decorada amb unes figures monstruoses que semblava que haguessin de cobrar vida d'un moment a l'altre.

Al saló, només s'hi van quedar Aquària i Cendrària.

—Perfecte! —va dir amb sarcasme la darrera—. Moltes gràcies... Ara ja no podrem comptar amb l'ajuda de Xisclòria per culpa d'aquests aires de diva que gastes! A veure! Explica'm quin és el teu pla!

Aquària, la va mirar, irritada, i després va sacsejar el cap, fastiguejada. Li havia ferit l'amor propi, perquè encara no tenia gens clar què havia de fer. La missió que es disposava a portar a terme no era de les més senzilles. Però se n'havia de sortir, perquè s'hi jugava el seu orgull i la seva reputació de bruixa!

—Si em deixessis en pau, potser m'ho podria rumiar! —va respondre, finalment, la Bruixa de les Marees, que es va tornar a abocar a la balconada que donava a un mar de boira infinit.

9

El primer atac

Per a un noi com Purotu, que no coneixia el nord del regne, aquell paisatge li semblava inoblidable. Era una gran extensió de mar d'un color gris perla, sobre el qual suraven uns trossos de gel alts com muntanyes o llisos com altiplans deserts batuts pel vent.

El cel era del mateix color que el mar i tendia a fondre-s'hi en l'horitzó, uns confins imperceptibles que semblaven perdre's en la llunyania.

Tot i que Purotu s'havia tapat amb una jaqueta molt pesant i amb caputxa que li havia deixat Gunnar i duia uns guants de llana gruixuda, al cap d'unes quantes hores de navegació li va semblar que les parts del seu cos que, forçosament, continuaven exposades a l'aire lliure, ja no li pertanyien per culpa d'aquell fred tan intens que els havia privat de la sensibilitat.

Purotu, Gunnar i Nives viatjaven en una embarcació amb el buc de fusta i metall, els flancs molt alts i la proa punxeguda. Al centre, hi destacava l'arbre mestre que sostenia una vela blanca, inflada pel vent, que menava el vaixell de la cort d'Arcàndida i del Regne dels Gels Eterns.

Una brisa de l'oest, enèrgica i constant, empenyia el vaixell per la superfície fosca del mar. L'embarcació navegava amb decisió seguint el rumb nord, nord-est que marcava el timó.

A bord, a més de Purotu, Nives i Gunnar, hi havia dos llops de la guàrdia reial. Els únics de la llopada als quals no els feia por l'aigua. Els altres no eren gaire bons nedadors, i Gunnar s'havia estimat més deixar-los a palau, perquè protegissin la cort i la reina.

—Com va això, nano? —va preguntar Gunnar a Purotu.

—B-bé... —va respondre el noi, a qui petaven les dents.

Nives s'hi va acostar i li va fer fregues als braços i a l'esquena.

—I això que vas molt ben tapat... És qüestió d'acostumar-s'hi. Ja veuràs com ben aviat no notaràs el fred.

El Príncep dels Gels no va poder dissimular una certa preocupació.

—Tant de bo, perquè aquest fred no perdona. Si el noi se'ns posa malalt, serà un gran problema!

Aquelles paraules van ferir l'amor propi de Purotu. El noi tenia un caràcter combatiu i tenaç, i un esperit indòmit que l'impulsava a desafiar l'aventura amb la mateixa naturalitat amb què, com a pescador expert que era, s'enfrontava a les onades i els paranys que amagava el seu mar. Com podia ser que l'abatés d'aquella manera una mica de fred? Impossible! Havia de reaccionar. S'hi jugava l'honor!

Es va aixecar i es va dirigir a la proa per escrutar l'horitzó.

Nives i Gunnar el van mirar, sorpresos. Després, es van intercanviar un somriure d'entesa: sens dubte, Purotu ja es trobava més bé.

—No es veu res —va comentar poc després.

—Potser les bruixes no estan en aquesta zona.

El vaixell que duia a bord els Prínceps dels Gels, Purotu i els dos llops, ja feia unes quantes hores que navegava en les gèlides aigües del nord, quan el cel es va començar a enfosquir i, tot de sobte, va aparèixer una boira glaçada que es va densificar al seu entorn.

Era com un vel que es tornava cada vegada més espès, fins a tancar-se al voltant de la petita embarcació, com una xarxa.

—No es veu res! —va exclamar Nives.

—Quedeu-vos al costat de l'arbre mestre. Estareu més segurs —els va demanar Gunnar—. Jo faré un tomb pel vaixell i provaré d'esbrinar què passa.

El Príncep dels Gels sabia que era freqüent topar amb bancs de boira en aquell paratge. Es formaven quan l'aire gèlid es posava en contacte amb els corrents càlids que, de tant en tant, recorrien aquelles aigües.

Tot i així, aquella boira tenia un no-sé-què d'especial. Al cap d'uns instants, Gunnar es va adonar que aquella claror era insòlita: no formava l'habitual halo blanquinós, sinó que tenia un to blau cel apagat. No havia vist mai cap boira semblant, però es va estimar més no comentar-ho als altres per no espantar encara més Purotu i Nives. Al capdavall, es podia tractar d'una falsa alarma. Però, poc després, es va fixar que els llops també estaven inquiets, amb les orelles ben parades en direcció a l'horitzó invisible, i la sorpresa va obrir pas a la preocupació.

Malgrat la seva vista prodigiosa, Gunnar no aconseguia albirar si aquella boira amagava alguna cosa. Quan va provar d'abocar-se més a proa per veure-hi més bé, es va adonar que no estava sol.

—Què hi fas, aquí, nano? T'he dit que et quedessis amb Nives!

Purotu l'havia desobeït i l'havia seguit en la seva ins-

pecció. Volia ser útil i demostrar que era un home molt valent. Però Gunnar no semblava gaire content de la seva iniciativa, perquè havia deixat sola Nives.

No van tenir temps de donar-se explicacions perquè, de cop i volta, el buc del vaixell va patir una envestida. La sotragada va ser tan forta que va fer caure enrere Gunnar, el qual, afortunadament, es va poder agafar a una drissa. Nives, que era al costat de l'arbre mestre, es va sobresaltar. Els llops van mantenir l'equilibri, però Purotu, agafat per sorpresa, va caure al mar.

En aquell moment van descobrir què els havia colpit. Davant dels ulls esbatanats de Nives i Gunnar, s'erigia un vaixell negre i enorme, alt com una muntanya, completament cobert d'incrustacions d'unes closques que semblaven de mol·luscs, entre les quals també hi havia enganxades tofes d'algues.

Semblava haver sorgit directament de les profunditats del Mar dels Camins. Era espantós.

Nives va fer un salt enrere. Llavors es va adonar que Purotu no era al vaixell i el va cridar desesperadament.

Gunnar, que havia assistit impotent a la caiguda al mar del noi, s'havia abocat al parapet de l'embarcació per provar de localitzar-lo.

A mesura que s'hi aproximava, l'immens vaixell feia

agitar fortament les aigües, que borbollejaven com si a sota hi hagués una gran foguera.

—Purotu! Que em sents?!

No va obtenir cap resposta.

En aquell moment, es va sentir una música provinent del misteriós vaixell; era com una lletania cadenciosa i sinistra.

—Tu també ho sents?

—Sí.

—Què deu ser?

—No ho sé, Nives, però no m'agrada gens.

Els llops estaven alerta, disposats a atacar. Ensenyaven les dents i proferien uns grunyits somorts que gelaven la sang.

Llavors va tenir lloc una cosa imprevisible. Gunnar estava a punt de capbussar-se per buscar el noi, però Nives es va anticipar.

Gunnar va observar com la Princesa dels Gels es tirava a les aigües fosques i glaçades del mar i desapareixia engolida per les onades. Sense rumiar-s'ho ni un moment, la va seguir.

El contacte amb l'aigua glaçada havia deixat sense sentits Purotu, el qual, sens dubte, era un gran nedador, però no estava acostumat a unes temperatures tan baixes. No havia tingut temps d'adonar-se del que passava, perquè tot havia anat molt de pressa. Havia vist una ombra negra i gegantina al costat del vaixell. I, a continuació, el buit.

Poc després, un corrent càlid va arribar fins al seu cos, que ja era sota l'aigua, i el va arrossegar mar enllà.

És per això que Gunnar, malgrat els seus esforços continus, no el va poder veure. Però sí que va arribar on era Nives, que amb prou feines es mantenia a flor d'aigua entremig de les onades; al seu voltant, hi flotaven fragments de gel: si s'hi quedaven uns instants més, tots dos es moririen de fred.

—Hem de tornar a bord! —va cridar Gunnar.

—No! Hem de buscar Purotu!

—Escolta'm, Nives: morirem congelats! Vine amb mi. Ja em tornaré a capbussar després.

En aquell moment van sentir una rialla enrogallada i sinistra que procedia del vaixell negre. Gunnar va mirar cap enlaire i en la boira va veure un rostre monstruós que el contemplava. Va tancar i obrir els ulls unes quantes vegades, convençut que veia visions.

—Té... la pell llisa com un peix —va comentar Nives, que mirava en la mateixa direcció.

—I dues brànquies sota el coll!

D'aquella boca, en sortia una rialla imparable i sinistra. Ni Gunnar ni Nives no comprenien què la motivava.

En aquell moment, Gunnar es va girar cap al seu vaixell i llavors ho va comprendre: la seva embarcació havia desaparegut, possiblement arrossegada pel corrent.

Estaven ben bé enmig d'un mar de problemes.

10
Els Nàufrags dels Abismes

La petita embarcació en què viatjaven Gunnar, Nives i Purotu se n'havia anat a la deriva; a bord només hi havia els dos llops, que poca cosa podrien fer en aquelles condicions. Gunnar no ho havia previst, això. Quan el mal ja estava fet, es va adonar que s'hauria d'haver endut una tripulació de foques i no de llops. Però ell no havia sofert mai cap atac per mar, i ara es trobava empresonat en aquelles aigües tan fredes, amb Purotu i els llops perduts, i l'amenaça imminent del vaixell negre i la seva misteriosa tripulació era cada vegada més a prop d'ell i Nives.

Sense pensar-s'ho més, va aferrar el braç de la Princesa dels Gels i va començar a nedar allunyant-se del buc cobert de conquilles i l'ésser monstruós que continuava rient-se de la seva mala sort.

La princesa sentia que les forces l'abandonaven, vençudes per unes temperatures massa extremes fins i tot per a ella, que vivia enmig del gel.

Però cap dels dos no es va poder allunyar gaire perquè, de sobte, van sentir que alguna cosa se cenyia al voltant dels seus cossos. Semblava una drissa de les que s'utilitzen per amarrar els vaixells i era molt gruixuda.

El coratjós Príncep dels Gels es va estremir en notar que la drissa s'agitava i es bellugava com si tingués vida pròpia.

—Què passa? —va preguntar Nives, que es va desvetllar de cop del seu estat de torpor.

—No en tinc ni idea!

Gunnar va provar d'alliberar-se'n i va ser llavors quan va tocar aquella cosa i, amb molt de fàstic, es va adonar de què es tractava.

Era llisa i relliscosa, però subjectava amb força les seves preses gràcies a un seguit de ventoses.

—És un tentacle gegantí! —va concloure el príncep, a la fi.

—Estàs de broma?!

—No.

—Però... —Nives s'havia quedat sense paraules.— Però com pot ser que existeixi un pop tan gran?

—No t'ho sabria dir, però tinc la sensació que ho esbrinarem molt aviat.

En aquell moment, el tentacle els va alçar, els va treure de l'aigua sense cap esforç i els va transportar veloçment cap al vaixell gegantí.

Els va envestir un vent glaçat que va formar una fina capa de gel damunt dels seus vestits xops. Si no s'escalfaven al més aviat possible, moririen congelats.

I el pitjor de tot era que no sabien què o qui els acolliria a bord.

Mentre la boira continuava esclarissant-se i espessintse al seu voltant, l'enorme tentacle ja els havia portat a la seva destinació. Un cop va haver travessat el parapet del vaixell, els va deixar caure damunt del pont de fusta florida. Tot seguit, una fortor de peix i d'algues pansides que empudegava l'aire va colpir els prínceps.

Es van arraulir l'un en l'altra, rígids pel fred. Després, algú els va llançar unes mantes que Gunnar va entomar i va posar al voltant seu i de Nives.

El pont semblava desert.

—Qui hi ha? —va preguntar Gunnar.

Cap resposta.

—Doneu la cara, miserables! —va repetir—. Que no teniu coratge per enfrontar-vos a mi amb la cara descoberta?!

—Quanta pressa... —va grallar una veu protegida per la cortina de boira.

Gunnar es va aixecar per fer d'escut a la seva esposa.

—Dóna la cara, si tens valor!

—Com vulguis —va dir la veu.

Un instant després, un personatge impressionant va sorgir del no-res. Era dos pams més alt que Gunnar i molt robust. Però, més que cap altra cosa, va ser el seu rostre, el que va colpir el príncep. Estava completament recobert d'escates lluents i tentacles, i tenia un cap de peix gros. Era el que havia vist des del mar!

—Qui ets? —va demanar, fent un imperceptible pas enrere.

—Em desil·lusiona que no em coneguis, príncep. Sóc el capità Ganya Negra, senyor indiscutible de tots els derelictes i almirall de la Flota dels Nàufrags dels Abismes! —va dir, proferint una cosa semblant a un grunyit. En fer-ho, va obrir de bat a bat una bocota enorme proveïda d'una filera de dents esmolades.

—Busquem el meu germà, Purotu. Ha caigut a l'aigua fa poc. L'has capturat tu? —va intervenir Nives, que, gens atemorida, va avançar cap aquell ésser assenyalant-lo amb un dit.

El capità va fer una rialla terrorífica. Al cap d'un moment, el tentacle que els havia transportat a bord es va entortolligar al voltant de l'esvelta cintura de la princesa i la va alçar enlaire.

—Ai, disculpeu-me, que mal educat que sóc! No he

fet les presentacions, però m'imagino que ja coneixeu la nostra escorta! —va explicar amb una rialleta atroç.

Gunnar es va girar i, finalment, va veure a qui pertanyia el tentacle gegantí.

Arrapat a la quilla del vaixell, hi havia un pop de color blau marí que tenia unes dimensions mastodòntiques, un cap tan gros com la portalada d'Arcàndida i dos ulls

vermells com flames. Al pont, només hi havia una meitat del seu cos enorme; l'altra estava aferrada a les amures com un mascaró de proa gegantí.

—Deixa'm anar! —cridava Nives.

—Pel teu bé, val més que ordenis a la teva escorta que obeeixi la princesa —li va etzibar Gunnar.

—I si no, què?

Llavors van sorgir unes altres figures de la boira. Totes eren horribles, mig homes mig peixos. N'hi devia haver una dotzena, va calcular Gunnar; massa per enfrontar-s'hi tot sol.

A més, calia pensar en Purotu. Segurament el tenien presoner. Però no se'l veia al pont. Possiblement el capità i la seva tripulació l'havien tancat a la bodega i Gunnar necessitaria reforços que entretinguessin la tripulació mentre ell buscava el noi...

La situació es complicava cada vegada més.

—Qui sou i per què ens heu capturat? —va preguntar Gunnar, provant de guanyar temps.

—Som els Nàufrags dels Abismes, príncep. Encantat de coneixe't.

El capità Ganya Negra el continuava anomenant pel seu títol, però sempre en un to de menyspreu. Era evident que el coneixia. L'única explicació plausible era que aquella tripulació espantosa estigués al servei de les Bruixes Grises.

Per això Gunnar va intentar provocar el capità:

—M'imagino que les teves mestresses, les Bruixes Grises, deuen estar molt orgulloses de la teva gesta...

L'ésser es va quedar desconcertat.

—Les coneixes?

—És clar. I també sé que són elles les que us han enviat aquí. Ara només cal que buideu el pap: què voleu de nosaltres?

El capità Ganya Negra estava més i més sorprès.

—No n'has de fer res, príncep. I tingues present que la teva xerrameca em fastigueja una mica. Per tant, calla o em veuré obligat a tallar-te la llengua!

Gunnar sabia que allò era més que una simple amenaça. Enfilada al cinturó, el capità hi portava una espasa corbada que podia tallar en dos el tronc d'un arbre.

El Príncep dels Gels va adreçar una mirada preocupada a Nives: el tentacle encara la subjectava enlaire, a uns quants metres de terra, i va estudiar les possibilitats que tenia.

Si atacava el capità, tots els membres d'aquella monstruosa tripulació se li tirarien al damunt i el pop no trigaria gens a esclafar Nives. Però, si no reaccionava, donaria la impressió de ser més dòcil del que era, cosa que els faria pensar que en podien fer el que volguessin. I això tampoc li convenia.

Què podia fer?

Mentre provava de trobar una solució a aquell trencaclosques, va sentir una remor en la llunyania.

La boira encara era massa espessa per permetre una visió clara. Però Gunnar va tenir la sensació que algú o alguna cosa procedent del mar s'acostava al vaixell.

Si la intuïció no l'enganyava, la situació sense sortida en què es trobaven Nives i ell es resoldria molt aviat. D'una manera o d'una altra.

11
Una ajuda inesperada

Purotu havia caigut a l'aigua sense adonar-se'n i havia sentit que una fredor aguda se n'apoderava. El contacte amb l'aigua li havia fet perdre el coneixement, però després havia passat alguna cosa. Un corrent més càlid provinent del sud, dels mars que el noi coneixia com el palmell de la mà, l'havia embolcallat i l'havia arrossegat lluny del vaixell dels abismes, camí de la salvació.

Poc després, algú va veure un cos que flotava en les aigües gèlides i va donar l'alarma.

—Home a l'aigua a babord!

—Arrieu les veles, homes! —va ordenar una segona veu, en resposta a aquell albirament inesperat.

El vaixell va arriar les veles i es va aturar. Després van baixar una xalupa amb dos mariners a bord, que van recollir el cos de l'aigua i el van hissar al pont. Va ser llavors que es van adonar que era un noi jove.

El cuiner, que era l'únic membre de la tripulació que tenia uns coneixements rudimentaris de medicina, va auscultar la respiració de Purotu repenjant-li una orella al pit; després li va fer un massatge en aquella zona fent uns moviments regulars i prement els dits encreuats a intervals establerts. Al final, el noi va escopir una mica d'aigua, va tossir i va obrir els ulls.

Així que ho va fer, es va trobar al davant el capità del vaixell, un personatge que no tenia un aspecte gaire tranquil·litzador. Va tenir la sensació d'haver caigut del foc a les brases.

—Com et trobes, nano? —li va preguntar l'home, amb una amabilitat sorprenent.

Purotu el va mirar. Era un home d'estatura mitjana però robust. Una màscara li cobria tota la cara. N'havia sentit a parlar, n'estava segur. No hi havia gaires capitans de vaixell que portessin una màscara de ferro. No en tenia cap dubte: era un pirata; més ben dit: el pirata... El filibuster més ferotge que havia solcat mai el Mar dels Camins. Purotu va tenir una esgarrifança en adonar-se que es trobava en presència del temible capità Buhl.

—Grumet! De pressa! Porta una manta! No, dues! I aigua... afanya't! —va ordenar.

Un noi baixet i ràpid, potser de la mateixa edat que Purotu, es va esvair i va reaparèixer al cap d'uns instants amb dues mantes gruixudes que tenien més forats que llana.

Purotu no hi va donar gaire importància. En aquelles circumstàncies no es podia permetre ser gaire primmirat; al capdavall, eren mantes. Unes mantes de llana gruixuda amb uns quants forats, però perfectes per escalfar un nàufrag com ell, amb el cos encarcarat pel fred.

El capità no era de la mateixa opinió:

—Arnes! Coi de bestioles! Encara en tenim a la bodega? Càsum tots els taurons grisos!

—Ens n'havíem desempallegat, capità. Devien tornar a bord durant l'última parada —va dir el grumet, per justificar-se.

El pirata el va fitar de cap a peus, amb una mirada ferotge.

—T'he dit que portessis aigua fresca! El teu cervell té més forats que aquestes mantes!

—Perdoneu! Perdoneu! —va repetir el grumet, i va tornar a desaparèixer dins la coberta baixa. Va tornar amb un bol ple d'aigua que va oferir a Purotu, que va beure amb avidesa. Havia engolit molta aigua salada i tenia la gola tan resseca com el desert.

—Escolta, nano, no trobes que fa una mica massa de fred per nedar en aquestes aigües? —li va preguntar el capità, amb una certa curiositat.

—La veritat és que hi he caigut, senyor... vull dir, capità Buhl.

—No m'ho puc creure! Saps el meu nom? —li va preguntar el pirata, gairebé afalagat. Si més no, el seu to ho va fer pensar a Purotu.

El noi va assentir.

—Sí, senyor. Vinc del Regne dels Coralls. De Flordoblit, per ser més precís. Allà, se'n parla molt, de vós...

—De Flordoblit, dius? Ah, quin cuiner més excepcional que tenen en aquella cort!

—Emiri és molt bo; el millor.

—Prou que ho sé. Vaig poder tastar el seu exquisit peix globus farcit! Pensa, nano, que en una ocasió Emiri en persona va pujar al meu vaixell i em va convèncer perquè no saquegés el Regne dels Coralls a canvi d'un banquet deliciós. I, a més, em va confiar que la recepta del peix globus farcit és molt complicada de fer, perquè, si el peix no es talla com cal, és molt fàcil que el verí que contenen les seves vísceres contamini la carn. I llavors... —El pirata va acabar la frase passant-se un dit per la gola, com si se la tallés.

—És veritat. Aquesta recepta no la pot preparar ningú que no sigui un gran expert. Però Emiri ho és, sens dubte.

—Dedueixo que menges sovint a la seva taula.

—Sí. Em dic Purotu i visc a la cort de la princesa Kalea. Jo sóc un pescador i el meu germà, Naehu, és un poeta. Kalea ens va salvar quan érem molt petits i des de llavors vivim amb ella, a palau.

—Mmm... Dius que el teu germà és poeta? Per tant, devia ser ell, el qui Emiri va venir a buscar a l'*Escata*, quan vam atracar a les vostres aigües, no?

—Exacte. L'havien segrestat.

—Quina casualitat més gran! Gràcies a ell, tots vam poder assaborir les especialitats del cuiner i vam gaudir de la proverbial hospitalitat del Regne dels Coralls. Per tant, sigues benvingut al meu vaixell!

—Gràcies, capità.

—Cuiner! Porta teca calenta per a aquest nano! Està tan prim que els taurons el rebutjarien!

El cuiner va baixar a la gambussa i va tornar amb un bol de sopa que tenia un aspecte d'allò més apetitós.

Purotu, que estava més tranquil ara que havia comprès que no corria perill, es va posar a menjar.

—Què hi fas, aquí, tot sol? —li va demanar el capità.

—No he vingut sol. He salpat amb Nives i Gunnar, els prínceps del Regne dels Gels —va respondre Purotu, entre cullerada i cullerada.

El nom de Gunnar no era cap novetat per a les orelles del capità Buhl.

—Oi tant! Me'n recordo prou bé, del príncep... Va arribar fins al meu vaixell muntat al llom d'una foca! Va ser una escena d'allò més irreal!

—Tal com us deia, navegàvem en un vaixell quan hem topat amb alguna cosa i he caigut a l'aigua.

—Alguna cosa...? Vols dir un iceberg?

—Un què?

—Nano! No em diguis que no saps què és un iceberg?! És una muntanya de gel —va exclamar el pirata amb una certa complaença, com si el divertís fer ostentació de la seva cultura.

A la tripulació, que estava reunida no gaire lluny d'ells, se'ls va escapar una rialleta de mofa. Tots coneixien la falta d'instrucció del seu capità, que ho sabia tot del mar, però poc o res de tota la resta.

—Es pot saber de què rieu? I què hi feu sense fer res? Aneu a treballar, dropos!

Purotu va mirar el capità amb un somriure.

—No, capità. No crec que fos un iceberg. Més aviat diria que es tractava d'una altra embarcació. Una de molt gran, tenint en compte l'envestida que m'ha llançat al mar.

El pirata va assentir.

—Homes! Escolteu-me amb atenció! Hem de buscar una barca o un vaixell! Vinga! Tothom als seus llocs! —va dir, desembeinant l'espasa.

Purotu va arribar a la conclusió que el pirata era gairebé simpàtic. Tenia un tarannà molt més noble del que es podia esperar de la seva fama. Després, el noi va observar la màscara de ferro que cobria el rostre del pirata i el cor se li va omplir de compassió. Estava convençut que ningú es mereixia viure amb el rostre cobert. Va pensar en com li agradava sentir la brisa del mar a la pell. El capità Buhl es trobava en una situació molt desgraciada. Molt desgraciada i molt injusta. «Algun dia», va pensar Purotu, «més tard o més d'hora, el capità es cansarà d'aquesta presó i tirarà la màscara al fons del mar. Llavors, els seus ulls tornaran a brillar amb l'alegria incomparable de sentir la carícia del sol i del vent a la cara».

Absort en aquestes reflexions, Purotu no s'havia adonat de l'activitat frenètica que havia esclatat en tots els racons del vaixell. La tripulació havia represès el govern de la nau. Quan cadascun dels mariners es va haver collocat al seu lloc, l'*Escata* es va disposar a partir.

Embolicat amb les mantes, Purotu es va posar a contemplar l'horitzó i una punta de malenconia es va insinuar en el seu cor valent. Es va sorprendre pensant que en aquell moment li hauria agradat molt recordar alguna poesia del seu germà.

—No me'n pots dir res, de la teva caiguda al mar? Alguna cosa que ens ajudi a trobar el rumb adequat? —li va preguntar el capità, que s'havia reunit amb ell a la proa.

Purotu va fer que no amb el cap.

—Jo diria que m'he desmaiat, senyor. Però, ara que hi penso, m'ha semblat percebre alguna cosa en la inconsciència, una mena d'escalfor... Potser era un somni...

—No ho crec. Possiblement era un corrent d'aigua càlida. Molt bé, nano! És una pista excel·lent! —el va felicitar el pirata, que li va assestar una gran plantofada a l'espatlla.

El noi la va entomar sense pestanyejar i, malgrat que va perdre l'equilibri visiblement, no va caure.

—Molt bé, nano! Bravo! —el va felicitar novament el capità, amb una altra patacada a l'esquena.

Purotu va somriure. No passa cada dia, això que et feliciti un pirata!

Mentrestant, el vaixell navegava a tota vela, amb el vent a la popa, fendint les gèlides onades del Mar dels Camins.

12
Un retrobament miraculós

Orientar-se en un mar esquitxat de blocs de gel idèntics no era gens senzill. Sobretot perquè Purotu no tenia ni idea de la direcció d'on havia vingut.

Tot i així, el capità Buhl, que estava dotat d'un gran instint i d'un coneixement excepcional dels mars del Gran Regne, sabia que els corrents càlids sempre recorrien el mateix trajecte; és a dir, que partien del sud per fer cap al nord, després a l'est, a continuació a l'oest, i, finalment, tornaven cap al sud. Segons aquest raonament, el pirata va arribar a la conclusió que el noi havia caigut al mar en una zona al nord-est d'on es trobaven.

—Endavant a estribord!

El timoner va virar seguint les indicacions del capità i el vaixell el va obeir lentament.

Purotu començava a recuperar les forces i ja no tenia tant de fred.

—Posa-te'l! —li va dir el capità, oferint-li el seu abric—. Un home com cal no s'embolcalla amb parracs!

—I no tindreu fred, vós?

El capità Buhl va quedar desconcertat. Algú es preocupava per ell? No li havia passat mai.

—Grumet! Porta'm l'altre abric, de pressa! —va ordenar.

Al cap de poc li van entregar el segon abric, que era idèntic al primer.

Purotu sentia una sensació molt estranya, com de familiaritat, al costat d'aquell home. En aquell moment, va sentir una gran nostàlgia del seu germà. Després, va dir-se que molt aviat el retrobaria i el deixaria bocabadat explicant-li la seva rocambolesca aventura en companyia del misteriós capità Buhl.

~*~

En aquell mateix instant, però a unes quantes milles de distància, Gunnar i Nives passaven un mal tràngol.

A bord del vaixell dels Nàufrags dels Abismes, el terrible capità Ganya Negra els mantenia presoners mentre decidia què n'havia de fer.

Un tentacle gegantí els estrenyia en un pal i els impedia fer cap mena de moviment.

—Què ens passarà? —va preguntar Nives a Gunnar.

—Res de dolent, no passis ànsia. Ja trobarem la manera de fugir.

Nives no semblava gaire convençuda: la tripulació del capità era nombrosa i agressiva, i, a més, no seria gaire fàcil derrotar aquell pop tan enorme. Les possibilitats que Gunnar i ella tenien de salvar-se eren ben escasses, i això la feia enrabiar moltíssim.

No havia passat gaire temps des que el Príncep sense Nom l'havia empresonat a ella i tota la seva cort en un bloc de gel. I ara, què? Tornava a ser presonera, però d'un pop que la tenia lligada a l'arbre mestre d'un vaixell atrotinat, que s'assemblava més a un derelicte que a una nau de debò. Allò era excessiu!

Va començar a bellugar-se, però només va aconseguir que el tentacle els estrenyés amb més força. Llavors, sense pensar-s'ho dues vegades, la princesa va clavar una queixalada al gran cefalòpode, que es va retirar immediatament, com si l'hagués traspassat una daga esmolada. Gunnar i Nives van caure damunt del pont.

—Ben fet! —va exclamar el príncep després d'aixecar-se.

Va allargar la mà a Nives, per ajudar-la a posar-se dreta, i després va recuperar la seva espasa, que havien deixat tirada damunt d'una pila de drisses que semblaven serps entortolligades.

—Anem a buscar una xalupa abans que aquell monstre ens torni a enxampar.

Però un grumet es va adonar que els prínceps s'havien alliberat i va donar l'alarma a la resta de la tripulació.

No tenien cap alternativa: havien de combatre.

Gunnar estava disposat a defensar Nives de qualsevol manera. Davant seu, la monstruosa tripulació del capità Ganya Negra li feia unes mirades gens tranquil·litzadores. Cabelleres fetes de tentacles llargs i en moviment continu, ulls grans i grocs, boques esbatanades i dents esmolades. L'escenari no prometia res de bo, però no es pensaven deixar derrotar amb facilitat. Nives va veure un bastó darrere seu i va provar d'agafar-lo quan un dels grumets la va aferrar per un braç i la va estirar cap a ell. Nives va estar a punt de desmaiar-se per la pudor que emanava aquell ésser. Llavors, uns tentacles se li van acostar a la cara i li van fregar la pell.

La princesa va comprendre que aquells tentacles no trigarien gaire a oprimir-li la gola.

Gunnar va intentar alliberar-la, però se li van abraonar

dos mariners. L'un, el va atacar per l'esquena, provant d'empresonar-li els braços per obligar-lo a deixar l'espasa, però el Príncep dels Gels no va perdre la calma i, amb un moviment ràpid i precís, el va traspassar sense ni mirar-lo.

L'altre, se li va abraonar brandant un punyal. Gunnar va parar el cop amb l'espasa, però el punyal va lliscar pel tall fins a l'empunyadura i li va colpir el pols. Afortunadament, només li va causar un tall superficial.

El príncep va sentir una cremor intensa, però no va tenir temps de mirar la ferida. Nives cridava. Encara era en mans del grumet carregat de tentacles.

Gunnar es va desempallegar d'un tercer adversari amb un cop enèrgic, que el va fer ensopegar amb les cordes i caure a terra.

Va intentar acostar-se a la seva esposa, però va comprendre que no seria gaire fàcil alliberar-la, perquè l'envoltaven els tentacles del grumet.

Mentre pensava què podria fer, una veu prou coneguda va cridar:

—Gunnar!

El cridava algú i semblava... Purotu! Per un instant, el príncep va pensar que estava sota els efectes d'un encanteri dels Nàufrags dels Abismes, però la veu va repetir el seu nom i el de Nives.

—Purotu! —va exclamar Nives, contestant-li.

Els Nàufrags van mirar al seu voltant, alarmats.

La boira encara era molt espessa i no permetia veure gran cosa.

El comandant, que era al pont principal, es va posar a bufar i bufar, cada vegada més fort. La boira es va començar a esvair fins que, finalment, va desaparèixer del tot i va tornar la llum i la visibilitat.

Llavors el van veure tots: tenien un altre vaixell al davant, amb les veles desplegades i dos homes a proa. Un dels homes era Purotu, que agitava els braços per cridar l'atenció dels Prínceps dels Gels.

Gunnar va provar de veure qui era l'altre. Quan es va adonar de qui es tractava, va tenir un sobresalt.

—Però si és... el capità Buhl!

—El capità Buhl?! N'estàs segur?

—Per tots els esculls errants, qui són aquests torracrostons?! —va preguntar llavors el capità Ganya Negra a la seva tripulació.

Però cap d'ells no li va saber donar una resposta.

Va ser justament Gunnar qui va satisfer la seva curiositat.

—Són pirates. Gent sense escrúpols i devoradors de peixos!

El Príncep dels Gels havia parlat amb un gran ímpetu, per impressionar el seu enemic.

—Molt divertit, príncep! Però si et penses que em faràs agafar por, vas ben equivocat. Res no pot aturar els Nàufrags dels Abismes!

Just en aquell moment, un gran estrèpit va fer vibrar l'aire entre tots dos vaixells.

Gunnar es va girar per veure què passava i va fer un pas enrere: una bala de canó viatjava a tota velocitat en direcció al vaixell embruixat.

—Ens ataquen! —va udolar el guaita.

—Arrieu les veles! Ens submergim! —va ordenar el capità.

La canonada, que no va tocar la nau per molt poc, va anar a parar al costat de la popa, fendint la superfície del mar i alçant una cortina d'esquitxades i d'onades altíssimes.

El derelicte es balancejava espantosament.

—De pressa! Salta amb mi! —va dir Gunnar a Nives. Calia aprofitar que els nàufrags estaven distrets per capbussar-se.

La princesa només va tenir un instant de dubte davant del parapet, just abans de llançar-se a l'aigua. L'amura del vaixell era realment alta i el mar de sota estava molt agitat i ple de blocs de gel, però Nives no tenia por. Després va calcular l'altura i la durada de la caiguda, va respirar fondo i va saltar.

El capità Ganya Negra tenia altres preocupacions més greus, i va decidir deixar-los marxar.

Gunnar i Nives van tenir el temps just per allunyar-se nedant abans que el vaixell s'endinsés al fons com un monstruós ésser dels abismes, alçant unes onades gegantines.

13
L'Acadèmia del Regne del Desert

Mentre Nives, Gunnar i Purotu, a bord de l'*Escata*, provaven de localitzar la seva embarcació amb els dos llops perduts, molt més al sud, l'expedició que componien Samah, Kalea, Kaliq i Haldorr solcava les pistes recremades pel sol del Desert dels Murmuris. Els components del segon grup havien arribat a Rocadocre a través de dos passatges màgics: el primer els havia conduït d'Arcàndida al Llac Infinit, al Regne dels Boscos, i el segon els havia portat del Regne dels Boscos a Rocadocre, aprofitant la comunicació que hi havia entre la gruta del goril·la i el gran baobab situat al jardí de la Princesa del Desert.

Un cop van haver arribat a la capital del Regne del Desert, havien iniciat un esgotador viatge muntats en mules i cavalls. Havien resseguit el Riu dels Miratges i després s'havien endinsat al cor del Desert dels Murmuris superant dunes altíssimes i suportant el sol enlluernador i el vent xafogós que tallava la respiració.

Al final d'aquest llarg periple ja eren a les envistes de l'Acadèmia.

L'edifici, que s'alçava majestuós i ricament decorat enmig d'un mar de sorra infinit, salvaguardava en el seu interior un patrimoni de llibres i coneixements famós en tot el Gran Regne.

L'imponent reixat de ferro que donava accés a l'Acadèmia estava finament treballat i, a la part de dalt, hi ressaltava el blasó que representava la Palma del Coneixement, una planta llegendària que produïa llibres en lloc de fruits.

Quan el grup es va acostar a la reixa, Kaliq va sentir una fiblada de nostàlgia: la imatge de l'Acadèmia el va fer recular al temps que va transcórrer entre aquelles parets, quan encara era un jove estudiós. Després va fer una mirada a Kalea i va comprendre que, de vegades, cal renunciar a alguna cosa per obtenir un bé molt més gran. I ell l'havia obtingut, sens dubte.

—Hem d'anunciar la nostra arribada si volem que ens vinguin a rebre —va suggerir Haldorr, assenyalant el gong que hi havia al costat de l'entrada.

El bibliotecari d'Arcàndida la coneixia prou bé, l'Acadèmia. S'hi havia passat molts mesos estudiant i catalogant la seva immensa biblioteca. Havia estat el director en persona, Jom Runi, qui li havia confiat l'encàrrec. Va ser en aquella època que Haldorr va tenir l'oportunitat de veure el *Llibre de les Bruixes* i de comprovar personalment els seus poders extraordinaris. El bibliotecari d'Arcàndida s'havia pres molt a la lleugera l'advertència del rei, que l'havia avisat que tractés amb cura aquell volum, i, quan el va voler agafar, el llibre li va aixafar repetidament les mans entre les seves feixugues pàgines. Ell sabia més bé que cap altra persona que allò que buscaven no era un llibre qualsevol, sinó un objecte molt especial i molt perillós.

El so del gong que havia percudit Kaliq per anunciar la seva arribada va fer que Haldorr tornés a tocar de peus a terra.

Poc després va sortir de l'edifici un home alt i prim, que duia l'uniforme habitual dels qui vivien i treballaven allà: una túnica blanca i un turbant del mateix color al cap.

—Benvinguts —els va saludar—. És un gran honor, princesa Samah —va dir, fent una petita inclinació amb el cap.

Samah va tenir la sensació que ja coneixia aquell home. Que potser era el mateix que els havia acollit a ella i el seu cosí Armal, l'altra vegada que hi havia anat?

—Ben trobat. Ja ens coneixíem, oi? —li va preguntar, encuriosida.

—No, princesa. És la primera vegada que us veig, però a l'Acadèmia totes les experiències s'expliquen i es comparteixen, i esdevenen un coneixement comú. Sé que fa temps vau visitar casa nostra en companyia del vostre cosí Armal. M'ho va explicar el meu predecessor en el càrrec d'acollir les visites.

—Ben cert. Us presento la meva germana; de manera que, en un futur, també la pugueu recordar. Es diu Kalea i és la Princesa del Regne dels Coralls.

—Us desitjo una feliç estada, princesa Kalea. —Després, es va adreçar a Kaliq i a Haldorr.— També em sento molt honorat de tenir-vos entre nosaltres, Haldorr i Kaliq. Nosaltres ja ens coneixem.

Tots dos li van tornar la salutació i, finalment, van traspassar la reixa de l'Acadèmia, darrere del porter.

Van creuar l'exuberant jardí que circumdava l'edifici, i després van traspassar el portal d'entrada, que era de fusta amb incrustacions de marqueteria que figuraven al·legories al coneixement.

Kalea mirava al seu voltant, embadalida. La font que hi havia al centre de l'atri, enrajolat amb marbre, i l'esfera que la coronava, representaven un tipus d'arquitectura molt més complexa de la que ella estava acostu-

mada a veure, ja que en el seu regne només disposaven de fusta i palla.

Samah, en canvi, es va tornar a fixar que l'interior, a diferència de l'exterior, estava ple de gom a gom de persones que s'aplegaven en grupets que intercanviaven opinions i novetats. S'hi respirava un aire estimulant, difícil de trobar en cap altre lloc del regne.

—M'imagino que desitgeu parlar tot seguit amb el director —va dir llavors el porter.

—Us ho agrairíem —va respondre Samah.

—Pujaré a anunciar-vos. Si sou tan amables d'esperar-vos aquí...

Havent dit això, l'home va pujar per una gran escalinata de marbre i va desaparèixer en pocs segons.

—Aquest lloc és increïble! —va comentar Kalea amb els ulls brillants.

—M'alegra que t'agradi —li va respondre Kaliq—. Vaig freqüentar l'Acadèmia mentre estudiava i t'asseguro que no hi ha cap altre lloc que s'hi pugui comparar a l'hora d'adquirir experiència i coneixements.

En aquell moment, Samah va recordar les paraules del seu pare, que va descriure l'Acadèmia com un espai ambigu, on convivien el bé i el mal, sota la forma de màgia camuflada de ciència. L'altra vegada també havia pensat el mateix i no es podia deslliurar de la sensació que entre aquelles parets no tot era tan bell i resplendent com aparentava.

—De vegades, el saber toca temes perjudicials i perillosos.

—Però sempre és saber! —va objectar Kaliq.

—Comprenc què voleu dir, Samah —va intervenir Haldorr—. I us dono la raó. De vegades, el límit entre el que és interessant i el que és perillós és molt subtil. Tan subtil i delicat que algú el podria traspassar sense adonar-se'n.

Kaliq no va respondre. Era evident que no estava d'acord amb el bibliotecari ni amb la Princesa del Desert, però no era el moment adequat per provar d'imposar el seu parer. Kalea va notar un punt de decepció en la mirada del seu marit, però no hi va concedir gaire importància. Es va imaginar que es tractava d'una reacció d'orgull ferit... Kaliq estava tan vinculat a l'Acadèmia, que li resultava molt difícil acceptar que algú posés en dubte els seus principis, encara que fos tímidament.

L'espera a l'atri no va ser gaire llarga, perquè, poc després, el porter de la túnica blanca va tornar i els va anunciar que el mestre Runi els esperava al seu estudi. A continuació, els va guiar cap al pis de dalt, i després fins al final del passadís. Va trucar tres cops a la porta que tenia al davant, la va obrir i els va invitar a entrar.

L'estança del director era molt àmplia i lluminosa, amb les parets revestides amb feixugues prestatgeries i un escriptori al voltant del qual hi havia algunes cadires i una butaca.

—Quin plaer! Entreu! —va exclamar Runi, així que va veure el grup de visitants.

Kalea es va fixar en el turbant daurat del director, la túnica de lli fi, tan blanca com la sorra coral·lina, i en els anells ornats amb pedres precioses.

—Princesa Samah! Princesa Kalea! Em feu un gran honor amb la vostra visita —els va dir en un to afectat i fent una petita inclinació.

—L'honor és nostre —va replicar Kalea.

—Haldorr! Vós també heu vingut! Justament ens faria falta la vostra ajuda per catalogar uns volums que ens acaben d'arribar a la biblioteca.

—Senyor director, m'afalaga la confiança que m'atorgueu, però em temo que no em podré quedar gaire temps a l'Acadèmia. Almenys de moment.

El director li va respondre amb una mirada estranya, gairebé empipada. Però, tot seguit, la seva expressió va recobrar un aire tan jovial que ningú va tenir temps de preguntar-se el motiu d'aquell canvi tan sobtat.

—Kaliq, estic molt content de reveure-us a vós, també. Ben tornat. —Després va fer un gest als seus hostes.— Asseieu-vos, sisplau.

Tothom ho va fer. El director es va asseure a la seva butaca i, encuriosit, va preguntar als nouvinguts:

—Què puc fer per vosaltres? —va demanar allisant-se amb una mà la seva barba ben afaitada.

—Hem vingut a buscar un llibre —va respondre Kaliq.

—En tenim molts, aquí! De quin llibre em parleu, en concret?

—Del *Llibre de les Bruixes* —va aclarir Samah.

En sentir aquelles paraules, el rostre del director va adoptar una expressió seriosa.

—Hi ha cap problema? —va preguntar Haldorr, torbat.

—No. Per a mi, no. Sé que vós ja vau estar en contacte amb el llibre en qüestió. Però els altres...

—N'hem de saber alguna cosa, d'aquest llibre? —li va preguntar Kaliq.

El director se li va adreçar i li va xiuxiuejar:

—Que és ell qui decideix qui el pot obrir. I amb les persones que no li són simpàtiques, doncs... No és gaire amable, que diguem!

—Pot fer mal, un llibre? —va preguntar Samah.

—Molt de mal. Més del que us podeu imaginar, princesa. Una vegada, un erudit de l'Acadèmia, massa delerós per consultar-lo, va tenir la gosadia d'acostar-s'hi i provar d'obrir-lo per la força. El llibre es va enfurismar de tal manera que el va agredir i el nostre erudit va haver de fugir cames ajudeu-me. El més greu és que mai no podrem saber què va passar realment, perquè, des de llavors, el pobre s'ha tancat en un silenci que no ha pogut trencar ningú.

—Oh! —Kalea es va posar les mans a la cara. No podia creure el que sentien les seves orelles. Com era possible que un llibre, per perillós que fos, pogués arribar a aquells extrems?

—No m'ho puc creure —va comentar Samah.

—Ho haureu de fer —li va replicar Haldorr.

El director va assentir amb una expressió absorta.

—És terrible! —va exclamar Samah—. Voleu dir que qui s'acosta al llibre... corre perill?

—Sí. Jo ho vaig intentar fa molt de temps i en vaig sortir... escaldat. El llibre em va fer creure que es refiava de mi, però, quan vaig abaixar la guàrdia, em va empresonar una mà amb les seves pàgines, que estaven a una temperatura elevadíssima, com la del metall que

es fon als gresols. Vaig estar a punt de perdre la mà, perquè la cremada era extensa i molt profunda. Encara ara se'm veuen les cicatrius —va concloure el director, que es va treure els gruixuts anells que duia als dits de la mà i els va mostrar les taques fosques a la pell.

—És realment dolent!

—I l'episodi que us he narrat només n'és un exemple, princesa Kalea —va prosseguir el director, picant-li l'ullet, cosa que donava a entendre que li produïa un cert plaer explicar la història del *Llibre de les Bruixes*.

—On el conserveu? —va preguntar Kaliq.

—Al magatzem, en una estança tancada. Només jo en tinc la clau, per una qüestió de seguretat, evidentment. —Llavors, el director va obrir un calaix del seu escriptori i en va treure una petita clau de ferro lligada amb una cinta daurada.— És aquesta.

Els la va ensenyar subjectant-la per la cinta. Samah i Kalea la van observar amb por. Aquella clau, ja fos pel color o per la suggestió de tot el que en sabien, emanava una llum estranya, sinistra.

—A qui l'entrego?

—Per què? Que no ens hi acompanyeu?

—De cap manera, princesa Samah! Us hi portarà Tarit.

El va cridar i, poc després, l'home que els havia conduït a l'estudi del director va aparèixer al llindar de la porta.

—Fes el favor d'acompanyar els nostres hostes a l'estança on es troba el *Llibre de les Bruixes*.

L'home es va sobresaltar. Potser compartia amb Haldorr alguna experiència desagradable amb el llibre, o potser havia escoltat massa històries sobre el tema. Es notava que no estava gaire content amb l'encàrrec que li havien fet. Tot i això, el va complir i els va portar a la seva destinació. A la meitat de l'escala que baixava al magatzem, es va afanyar a indicar-los la manera d'arribar a l'estança, va entregar dues espelmes enceses a Haldorr i va desaparèixer veloç com un llamp, bo i deixant-los sols davant l'estança que custodiava un dels misteris més terribles del Gran Regne.

14
La tercera expedició

Mentre Samah, Kalea, Kaliq i Haldorr es disposaven a enfrontar-se al *Llibre de les Bruixes*, el tercer i últim grup, guiat per Iara, acabava de travessar el passatge màgic que els havia conduït des de les portes d'Arcàndida, al fons del Llac Infinit, fins al Regne dels Boscos.

—Per arribar al Mar dels Camins haurem de creuar una part del bosc. Després, arribarem a un moll on hi ha amarrades unes piragües grans que podem utilitzar per explorar la costa... per si les bruixes decideixen atacar-nos per mar —va dir la Princesa dels Boscos, quan van haver sortit tots de les aigües del llac.

A Iara, l'acompanyaven Vannak, que últimament seguia la princesa en tots els seus desplaçaments, i aquell duo tan ben unit que formaven Diamant i Robí.

Aquest últim, tan encuriosit com Iara per la missió que es disposaven a complir, no parava de mirar cap enlaire, admirant els arbres que dissenyaven la trama del Bosc Vivent. Tot i que havia viatjat molt pel Gran Regne, a la recerca dels objectes rars que li encarregaven els savis de l'Acadèmia del Regne del Desert, no havia vist mai una vegetació tan esponerosa i abundant, amb flors de colors llampants i fulles de proporcions gegantines.

Avançaven en fila enmig de l'espessor del bosc, animats pel diàleg de refilets dels ocells, al qual feien de contracant els xiscles d'algun mico que es movia amb un fregadís de pelatge. Protegida pel bosc, Diamant començava a sentir-se més a gust. Els espais oberts del Regne del Desert i del Regne dels Gels li causaven una certa incomoditat, perquè no hi havia recers i l'obligaven a un contacte directe amb la llum, a què encara li costava acostumar-s'hi. Robí, en canvi, es trobava com a casa en qualsevol lloc, cosa que ella envejava una mica.

—Et trobes bé, Diamant? —li va preguntar de sobte Vannak, en veure que alentia el pas.

—Sí, gràcies, Vannak. Estava pensant que viure sota terra és com viure en un altre món. Potser és per això que de vegades us costa entendre'm.

—La veritat és que els Cinc Regnes són tan diferents entre si que a tots els efectes podrien semblar mons diferents —va observar Iara—. Ens pertoca a nosaltres superar aquestes diferències perquè el Gran Regne sigui com una gran casa!

Diamant va somriure: la sensibilitat de la Princesa dels Boscos la colpia profundament. Reconfortada per aquest pensament, va continuar la marxa amb una certesa nova al cor.

El grup avançava ràpidament en direcció a la costa nord-occidental.

Iara va decidir no aturar-se a Jangalaliana. Encara que trobava a faltar la seva cort, Sumati —la dona que l'havia criat—, Lalima, la seva fidel pantera, i, fins i tot, Arun, l'esquerp arquitecte fuster que havia construït el palau reial, no hauria tingut temps de saludar-los a tots i explicar-los el que estava passant. Havia de complir una missió i sabia que les bruixes podien entrar en acció d'un moment a l'altre. Per això, quan va veure entre els arbres el trencall que portava a palau, hi va adreçar una mirada amarada de malenconia, però va continuar endavant.

Vannak va comprendre de seguida el seu estat d'ànim i li va posar una mà a l'espatlla, un gest espontani i ple d'amor que Iara va apreciar moltíssim. La seva amistat amb el noi era cada vegada més sòlida. Iara no hauria pensat mai que podria arribar a sentir tant d'afecte per una persona que no fos de la seva família o de la seva cort. Però, per ell, sentia un sentiment tan fort i autèntic com el que la unia al seu estimat bosc. Els anys que havien viscut enfrontats, en bàndols diferents, li semblaven un record massa llunyà per ser real. Però Vannak era l'antic cap dels Nai-lais, una tribu del Regne dels Boscos, l'única que s'enfrontava a ella i la seva cort perquè eren fidels al Vell Rei. Gràcies a una competició de tir amb arc en què ella va derrotar Vannak, va aconseguir posar fi a les hostilitats i tornar la pau al seu petit regne. Els Nai-lais havien canviat d'actitud i l'havien reconeguda com a Princesa dels Boscos, mentre que Vannak i ella... havien descobert una cosa molt forta que els havia acostat, malgrat tot i tots. Iara estava segura que aquella cosa era més que una amistat i una aliança entre tribus; encara que no li havia passat mai abans, estava convençuda que el que sentia per ell era amor.

—On és Jangalaliana? —li va preguntar Robí, despertant-la d'aquells pensaments.

—Allà a baix —va indicar Iara fent un gest vague davant seu.

Robí va assentir, desitjós de saber-ne més coses.

—Està construïda damunt l'arbre més gran i antic del regne —va continuar dient ella, orgullosa—. Llàstima que avui no tinguem temps per visitar-la.

—Iara té raó. Però tornarem en una altra ocasió, amb més calma —li va assegurar Diamant.

Finalment, després d'unes quantes hores de camí, van arribar a una badia protegida per una vegetació que es decantava al mar i li donava les mateixes tonalitats de color verd daurat brillant. Semblava un paisatge pintat, de tan immòbil i meravellós que era.

—Veniu. Més enllà d'aquells arbustos hi ha el petit

moll on els habitants del poblat dels Sepches hi amarren les piragües. Les hi agafarem en préstec. Vannak: et fa res anar a avisar-los?

Vannak va fer que sí amb el cap i va desaparèixer entre els arbres, àgil i veloç com un felí.

—Vannak és un noi molt especial. Estic molt contenta que sigueu tan... amics —li va dir Diamant, picant-li l'ullet, molt divertida.

—Doncs mira que al començament no ens podíem suportar! —va dir Iara, fent un esforç per no posar-se vermella—. El vaig haver de desafiar per poder-lo convèncer que no era la princesa fleuma i consentida que es pensava, sinó una persona que té les idees molt clares.

Aquelles confidències femenines van fer somriure Robí, que, per no pecar d'indiscret, se'n va anar cap al moll, a mirar les piragües. Eren llargues i estretes. Les havien construït buidant troncs i tenien un petit buc lateral, que devia servir per equilibrar una estructura que el vent podia fer sotsobrar amb facilitat. Al bell mig hi havia un gran pal amb una vela arriada. Dos rems de fusta completaven l'equipament de l'embarcació.

Vannak va aparèixer enmig de la densa vegetació del manglar; l'acompanyava el cap del poblat dels Sepches, un home alt i corpulent que es va desfer en reverències davant de Iara i li va desitjar bona sort.

L'expedició ja estava a punt per llevar àncores.

Iara i Vannak van decidir que només agafarien dues piragües. Tenint en compte la inexperiència de Diamant i Robí en el tema de la navegació, Iara es va estimar més separar-se de Vannak i viatjar en la primera embarcació amb la seva germana. Vannak va agafar el timó de la segona embarcació amb Robí.

Amb un gest d'entesa, Vannak i Iara van donar una empenta amb el peu per allunyar les piragües del moll. En aquell moment precís, la vora del vestit de Diamant es va enganxar en una arrel de mangle que sobresortia al costat de les amarres. La Princesa de la Foscor va notar una estrebada cap enrere i, instintivament, va fer un crit que va espantar Iara.

Vannak va ser rapidíssim: amb un moviment fulminant es va abocar cap endavant i amb l'espasa va tallar el teixit entortolligat en l'arrel. Just un instant abans que Diamant perdés l'equilibri i caigués a l'aigua.

—Gràcies —va dir la princesa amb un fil de veu.

En aquell moment es va sentir un rugit inconfusible provinent de la riba.

Quan Iara es va girar i va veure el cos lluent i musculós de Lalima a l'embarcador, el cor li va saltar a la gola de l'emoció. La seva amiga pantera havia ensumat la seva presència i l'havia buscada per tot el regne fins a trobar-la, potser massa tard per rebre'n unes carícies, però a temps perquè el seu gest quedés imprès per sempre en l'ànim de la princesa, que ara marxava amb més serenitat.

15

L'emboscada

Les dues piragües solcaven la superfície del Mar dels Camins. Al començament, s'havien creuat amb altres embarcacions, però, a mesura que s'allunyaven de la costa, s'havien quedat soles en aquella immensa extensió de color maragda.

—Amb qui creieu que ens podem trobar? —va preguntar Robí, al cap d'un cert temps.

—Amb Helgi o les bruixes, o amb tots plegats, si és cert que el tenen empresonat elles —va respondre Iara des de la piragua del costat.

—Mmm... No seria gaire agradable topar amb Castelloblic.

—És clar que no, Robí! Però hi ha unes quantes raonables possibilitats que Helgi sigui allà —va dir Diamant.

—I llavors ja no tindrem més excuses: haurem de combatre amb les Bruixes Grises i derrotar-les —va concloure Vannak, en un to decidit.

Robí es va quedar en silenci: ell no tenia gaire experiència en bruixes, però coneixia prou bé la màgia per saber que és molt perillosa. Ho va experimentar en la seva pròpia pell, quan el Príncep sense Nom el va sotmetre amb les seves arts i la pèrfida ajuda del coleòpter de color cobalt. El va convèncer perquè el seguís al Palau Adormit amb la promesa d'un encàrrec molt important: la recerca d'un objecte molt valuós per als savis de l'Acadèmia del Regne del Desert. I ell s'havia

empassat la bola com el més ingenu dels passerells. I tot per culpa d'un insecte estrany, un coleòpter amb la closca de color cobalt que va començar a brunzir al seu voltant. Robí va caure en un son molt profund i quan es va despertar ja era un servent del príncep, com si la seva voluntat també s'hagués adormit sota els efectes d'un encanteri. Més endavant va saber que el coleòpter de color cobalt té el poder de doblegar la voluntat de les persones xiuxiuejant-los paraules a cau d'orella mentre dormen.

—Vannak, no et facis il·lusions; desafiar la màgia no és tan fàcil com això —va replicar ell, seguint el fil dels seus pensaments.

El cap dels Nai-Lais li va adreçar una mirada sorpresa. Per què era tan pessimista, el Príncep de la Foscor?

—Temo que Robí té raó —va afegir Iara—. Només pots entendre l'abast real de la màgia quan t'hi poses en contacte. No és casual que el pare decidís bandejar-la per sempre del Gran Regne.

—La màgia no aporta res de bo —va reblar Diamant.

Vannak tenia un tarannà tan franc, que, de vegades, vorejava la rudesa, un tret típic de qui coneix el ritme i les lleis de la natura, i sap que cal respectar-les per viure en harmonia. No podia negar que una petita part d'ell sentia curiositat, ni que fos molt remota, per la possibilitat de posar-se en contacte amb la màgia. Per a un noi com ell, que menava una vida senzilla i espontània, els sortilegis i els encanteris representaven una cosa nova i desconeguda, una cosa que exercia una certa fascinació, si no hagués estat per les advertències que, de tant en tant, el Rei Savi i les princeses havien manifestat sobre aquest tema. Vannak havia entès prou bé que no convenia subestimar els paranys de la màgia. Per tant, la seva curiositat s'aturava davant del pensament de les conseqüències que podia portar: guerra, sofriments, destrucció...

De pensament, va recular en el temps. La seva tribu havia arrossegat un conflicte llarg i estèril, i tot per secundar les ànsies de poder del Rei Malvat, primer, i del Príncep sense Nom, després. La idea d'haver de començar una altra guerra el preocupava d'allò més, i la perspectiva d'enfrontar-se a les Bruixes Grises, unes enemigues traïdores i evasives, era un altre argument prou vàlid per treure's del pensament cap mena d'interès per la màgia.

—De totes maneres, no cal que ens preocupem abans d'hora —va dir Robí, per treure ferro a la situació—; de moment, les bruixes no han donat senyals de vida. Podem estar tranquils... o almenys intentar-ho.

Robí tenia tota la raó: havien de fer els possibles per no perdre la calma. Però la veritat era que cap d'ells se sentia tranquil. Tots els membres de la petita expedició tenien una sensació estranya, com si pressentissin que el perill era darrere la següent cantonada.

I no s'equivocaven.

Mentre navegaven entre les onades del Mar dels Camins, els bucs de les dues piragües van començar a fer uns capficalls espantosos.

—Què passa? —va preguntar Diamant, que no tenia gaire experiència en la navegació i encara menys en mars agitats.

—Pel moviment de l'aigua, es podria tractar d'un peix molt gros —va respondre Robí.

—O potser una embarcació que ha passat mar endins —va puntualitzar Iara.

Les onades que s'estavellaven contra les piragües eren altes i regulars.

—Per mi que es tracta d'un vaixell —va afirmar Vannak, amb la mirada fixa en l'horitzó.

A la llunyania, al llarg de la línia fina que separava el cel del mar, es començava a entreveure alguna cosa; però no era una nau, sinó una mena de boira que avançava lentament. Si més no, era el que va aparèixer davant dels seus ulls. Ara bé, la cosa més estranya va ser que en cosa de pocs minuts aquella broma els va embolcallar completament, abans que tinguessin temps d'adonar-se'n.

—Vannak! Robí!... On sou? —va exclamar Iara.

—Som aquí, al vostre costat, però no es veu res. No ho entenc. És una boira molt rara. Massa sobtada. I, a més, té aquest color blau gris...

—És una boira màgica —va dir Robí sense vacil·lar.

—Tu creus que és la mateixa boira que envolta el castell de les bruixes? —va preguntar Diamant.

—No t'ho sabria dir, però tinc la sensació que ho esbrinarem molt aviat —va replicar el Príncep de la Foscor.

En efecte, alguna cosa que va començar a desprendre's de la cortina de boira que tenien al davant va provocar un balanceig encara més fort de les piragües. Quan ho van tenir més a prop, van veure que es tractava d'un vaixell negre, enorme i espantós, tot cobert d'algues i conquilles incrustades.

Poc després van sentir una mena de lletania que procedia del pont de la nau. Era un lament coral de veus masculines que els va fer glaçar la sang a les venes.

En aquell moment, Diamant va estrènyer la mà de Iara i va dir:

LLIBRE
de les BRUIXES
BRUIXA
DE LES
MAREES

Ardits lectors, poseu-vos en guàrdia! Vosaltres que encuriosits desafieu el Llibre de les Bruixes, mantingueu els ulls ben oberts perquè... s'hi amaguen els secrets d'Aquària, la Bruixa de les Marees i Senyora de les Profunditats. Es diu que Aquària viu amb les altres Bruixes Grises en un lloc sinistre anomenat Castelloblic i que la seva estança és com el fons marí.

AQUÀRIA

Aquària posseeix una diadema joia única al món.

La van dissenyar per a ella al Port dels Savis.

Sempre porta al damunt l'Amulet de la Mutació, un objecte misteriós de què la bruixa no se separa mai. Amagat entre els plecs del vestit, amb una dringadissa de conquilles i fragments de corall, l'amulet custodia unes pólvores malèfiques que serveixen per fer encanteris al servei de la Màgia Incolora.

ABANS

Els poders d'Aquària abasten el mar i tot el que es belluga entre les onades. Aquí sota podeu veure la imatge d'un peix normal.

DESPRÉS

Aquí, per efecte d'un encanteri de transformació, el mateix peix ha adoptat l'aspecte d'un monstre marí a les ordres d'Aquària.

Reclamada de les profunditats de l'oceà, una flota de vaixells fantasma navega al servei d'Aquària solcant el tempestuós Mar dels Camins. Els Nàufrags dels Abismes —que és el nom dels aliats d'Aquària— poden cobrir unes distàncies enormes en molt poc temps. Una boira blavosa, inesperada i canviant, anuncia la seva arribada. Si alguna vegada l'albireu, poseu-vos en guàrdia i correu a buscar un refugi segur!

Des del seu cau a Castelloblic, Aquària controla els moviments dels seus aliats utilitzant un reclam que sembla un corn marí. Bufant al seu interior, la bruixa modula una música trista i profunda, a la qual responen els Nàufrags dels Abismes amb un càntic fet de paraules indesxifrables.

Diuen que la Bruixa de les Marees té un caràcter esquerp, rebel i poc predisposat a la vida en grup. Les altres Bruixes Grises, que coneixen prou bé el temperament d'Aquària, respecten la seva solitud i els seus silencis. Però, de vegades, fins i tot la taciturna Senyora de les Profunditats trenca el seu aïllament per passar una estona amb les seves companyes.

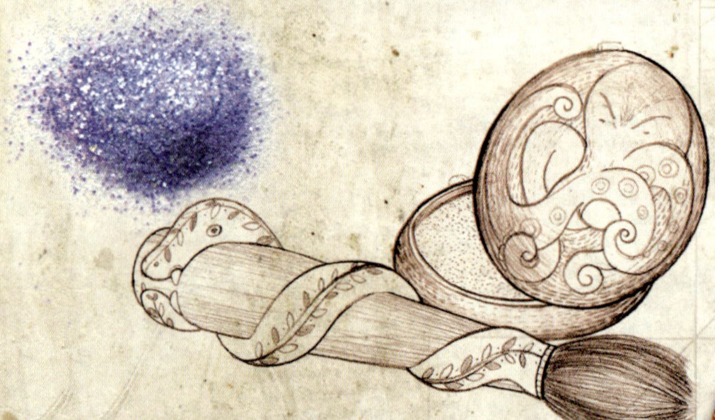

Aquària és una autèntica artista del maquillatge. Les Bruixes Grises sempre li demanen consell en les ocasions importants.

Aquest carilló és el símbol de l'amistat entre Aquària i Xisclòria, la Bruixa dels Sons. Un vincle molt profund uneix Aquària i Etèria, la Bruixa de les Tempestes. En les nits de borrasca a les dues amigues els agrada contemplar el mar agitat pel vent de mestral...

Un secret domina la vida de les Bruixes Grises: temps era temps, també van ser noies, igual que vosaltres, lectores. Després, el desvergonyiment i la imprudència les van empènyer a abandonar casa i família per seguir la Màgia Incolora i entrar dins del Vòrtex Gris. Llavors, el seu destí va canviar i va restar unit per sempre al de les Bruixes Grises.

Aquària, que era filla de pescadors, somiava el mar. S'imaginava sempre que tindria un veler tot seu, que el comandaria ella. Quan va intuir que la seva vida seria molt diferent, es va rebellar i va abraçar la Màgia Incolora...

Se'ns ha acabat el temps, audaços lectors! Ha quedat satisfeta, la vostra curiositat?
Avui, el Llibre de les Bruixes ja no us dirà res més...

Ara que heu descobert els meus secrets, què us penseu? Que us serà fàcil derrotar-me? Il.lusos! Encara no sabeu què us reservo... I que em vulgueu desafiar, no vol dir que em pugueu trobar...

A.

—Em penso que ens n'hauríem d'anar.

—Abans hem d'esbrinar de què es tracta. Fugir ara implicaria abandonar la nostra missió abans de començar-la.

—No crec que sigui gaire assenyat cometre imprudències —la va corregir Diamant.

Quan unes xalupes van solcar la boira i van envoltar les princeses bloquejant qualsevol via d'escapatòria, Iara va pensar que potser no anava gaire errada, la seva germana. Però, malauradament per a elles, ja no podien fer-se enrere.

—Ai, caram! Mira qui tenim aquí! —va dir una veu cridanera i estrident. En aquelles condicions de visibilitat gairebé nul·la, era molt difícil saber qui parlava. La boira només deixava veure la proa de les xalupes.

—Qui sou? —va preguntar Vannak en un to amenaçador.

—Déu n'hi do, que valent! —va replicar desdenyosament la mateixa veu.

—No es pot dir el mateix de vosaltres, que esteu amagats! —li va etzibar Iara.

—Ens vols veure, nena? Entesos, doncs...

Així que va acabar de parlar, les xalupes se'ls van acostar més i van revelar les monstruoses figures que hi havia a dins.

Eren uns éssers horribles, amb els braços i les cames coberts d'escates, brins d'algues, fragments de conquilles, mucílags i molses marines. Tenien uns caps semblants als d'uns taurons molt grossos amb les bocotes esbatanades, o bé als d'uns calamars gegants, amb un munt d'apèndixs tentaculars que es movien com serps.

—Què? Ja estàs contenta? va preguntar la veu d'abans. Provenia de la boca verdosa d'un d'ells, que tenia un

cap com de pop o calamar, amb una mena de cabellera eriçada de tentacles gruixuts i llefiscosos. Tenia un rostre espantós i el seu cos emanava una pudor de peix tan forta que deixava sense alè. Per completar el quadre, la roba que duia es reduïa a uns parracs malmesos i tacats.

Iara, horroritzada, va caure enrere, en braços de Diamant.

—Ha, ha, ha! On ha anat a parar el teu coratge, nena? —li va preguntar aquell ésser.

—Enfronta't a una persona de la teva talla, brètol! —el va desafiar Vannak, amb la llança al puny.

—D'acord, però... On és? Jo no veig ningú que em faci vores —va preguntar el monstre, mirant al seu voltant.

La tripulació va esclatar en rialles. I van riure força estona; tanta, que l'ésser es va veure obligat a fer-los callar.

—Ja n'hi ha prou! Silenci!

Les rialles es van acabar de cop.

Encara que estigués molt espantada per la situació, Diamant trobava que la tripulació del vaixell era més aviat tronada, per no dir grotesca, i se li va escapar un somriure en observar el seu comportament. Allò no va passar desapercebut a un dels ocupants de les misterioses xalupes.

—La princesa ens troba graciosos... —va comentar.

—Graciosos, no ho sé, però sí que us trobo molt mal educats. Esteu davant de dues princeses i no us heu molestat a presentar-vos ni a fer una reverència. No són maneres de comportar-se! —el va renyar, amb ironia.

Tots es van quedar pàl·lids. No s'esperaven una gosadia tan gran en una dona tan jove.

—Sóc el capità Krakeli i ells són la meva tripulació. Som els Nàufrags dels Abismes. I us aconsello que us rendiu sense oposar resistència.

—Que ens rendim? A qui? Qui us comanda? —va preguntar Diamant.

—No estem obligats a respondre les vostres preguntes —va dir el capità—. Més ben dit: no teniu cap dret a fer-nos preguntes. És una ordre! Vinga! Anem pujant, que se'ns fa tard!

—Hem vingut a buscar el nostre amic Helgi. Segurament vós sabeu on es troba. Ens ho heu de dir! —li va exigir Diamant.

—Helgi... Helgi... No conec cap Helgi —va mentir el capità—. Amunt!

—No ens mourem de lloc fins que no ens digueu on teniu empresonat Helgi —va replicar Vannak.

—Ah, no? Ja en parlarem! —va rebatre el capità mentre ficava la mà a l'aigua i l'agitava fins a formar un petit remolí.

En resposta a aquell senyal, alguna cosa que es va insinuar en la boira va aferrar les fràgils embarcacions i les va alçar de l'aigua amb les persones que hi havia a dins.

Quan Iara, Diamant, Vannak i Robí van veure de què es tractava, van empal·lidir: a sota, hi tenien les llarguíssimes i robustes fulles d'una alga de color vermell fosc que obeïa les ordres del capità.

—Quina mena de planta és aquesta? —va demanar Iara.

—Una posidònia cuprosa gegant, nena.

—I des de quan ataquen les persones, les algues?

—Des que els ho ordenem nosaltres. Però heu de saber una altra cosa... La nostra alga és carnívora! Ha, ha, ha! —va riure el capità Krakeli.

Allò que li feia tanta gràcia va aterrir els seus presoners.

—I doncs? Què fem?

—Un moment! Tinc una idea! —va dir Iara—. Vannak: te'n recordes d'aquell reclam?

Vannak s'ho va rumiar un instant. Després li va dir:

—Vols dir el que fem servir per pescar?

Iara va assentir.

—És clar. Me'n recordo perfectament.

—Doncs crida'ls.

—A qui vols cridar? —va preguntar Diamant, que no entenia res de res.

Vannak va emetre un xiulet constant i enèrgic que modulava en tons alts i després més baixos.

Els mariners del vaixell contemplaven aquella escena atònits, però no hi intervenien, perquè no comprenien el perill que comportava allò que feia el presoner.

Però no van haver d'esperar gaire per esbrinar-ho.

Ben aviat, les aigües verdes del mar es van tenyir de plata, confonent-se amb la boira que flotava pel damunt. Però allò no s'havia produït per art de màgia o, si més no, no responia a cap encanteri. Eren bancs de peixos, milers i milers d'exemplars que nedaven a tocar els uns dels altres fins al punt que van canviar el color del mar. Quan van ser a prop del vaixell es van aturar. No els podia veure ningú, però tothom els va sentir arribar; tothom va copsar el fregadís ràpid que ben aviat es va transformar en un seguit d'esquitxades i una gran bellugadissa per disputar-se la teca.

L'enorme posidònia cuprosa va deixar anar la presa de cop, i les seves llargues fulles van caure al mar, sense

vida: els peixos la devoraven lentament.

Amb un gest, el capità va fer esvair la boira i llavors va veure els milers d'agressors de la seva alga. Però ja era massa tard per intervenir-hi.

—Han fet falta segles perquè arribés a tenir aquestes dimensions! Ho pagareu molt car! —va exclamar, enfurismat.

Mentrestant, les dues piragües fugien empeses per les onades que havia provocat la caiguda de la gran alga en la superfície de l'aigua.

Ràpidament, el capità Krakeli va pujar a bord del vaixell amb els seus mariners i va donar ordre de perseguir les piragües.

—A tota vela!

El vaixell no es va moure ni un mil·límetre.

—Què passa, nostramo?

—La massa de peixos no ens permet avançar, capità.

—Càsum totes les sípies! No tenim altre remei que

submergir-nos. Però ens en venjarem molt aviat, us ho prometo!

Havent dit això, el gran derelicte obscur es va submergir i va desaparèixer en una bufada de boira.

Llavors, els bancs de peixos es van apropar a les piragües, es van posar sota les seves quilles i les van empènyer, posant-les rumb a Arcàndida.

—No ens n'hauríem sortit sense vosaltres! Gràcies! —va dir Iara, quan les dues barquetes van traspassar les últimes filagarses de boira embruixada.

—Us devem la vida, amics! —va afegir Diamant amb un somriure de reconeixement.

Vannak va fer un altre xiulet amb els llavis. En la tradició dels pescadors del Regne dels Boscos, allò era un senyal d'agraïment i de comiat.

Els peixos van tornar al lloc d'on havien vingut formant una estela platejada que l'abrusador sol del migdia feia resplendir enlluernadorament.

16

El Llibre de les Bruixes

El magatzem de l'Acadèmia del Regne del Desert era una estança enorme, plena d'objectes repenjats a les parets i de llibres col·locats de qualsevol manera damunt de les amples prestatgeries o a l'interior d'unes caixes amuntegades a terra. Tot plegat revestit d'una espessa capa de pols que s'alçava en l'aire en una dansa de volves que il·luminaven les espelmes que Tarit havia deixat al petit grup abans de fer-se fonedís.

—Hi havies baixat alguna vegada, Kaliq?

—No, Kalea. Aquí només hi guarden llibres vells i objectes d'escàs interès i cap valor científic; per tant, no tenia cap motiu per venir. És clar que si hagués sabut que hi havia el *Llibre de les Bruixes*...

—Hauríeu comès la imprudència d'enfrontar-vos-hi tot sol —va completar Haldorr amb una expressió greu.

—Tinc la impressió que, en aquest cas, anar sols o acompanyats no representa cap diferència —va replicar Samah.

—Teniu raó, princesa Samah, però en el moment que el llibre es negui que el consulti una persona concreta, com més siguem, millor.

—Tinc entès que una de les princeses el podrà consultar sense córrer cap risc, m'equivoco? —va preguntar Kalea.

El bibliotecari d'Arcàndida va assentir.

—Això diu la llegenda del llibre.

—És a dir... que no n'esteu segur?

—No hi ha res de segur quan parlem de màgia, princesa Kalea.

—D'acord. Ho tindrem en compte. Però ara ens hem d'afanyar perquè se'ns acaba el temps —va concloure Samah mentre feia cap al fons de l'estança.

Els altres la van seguir, silenciosos i preocupats.

Samah es va adonar que havia estat un pèl brusca amb els altres; per això els va dir:

—No tingueu por, som quatre i hi posarem el coll. Tot anirà bé, n'estic convençuda!

Quan van arribar davant la porta, Haldorr va treure la clau de ferro que li havia donat el director, Jom Runi, i la va entregar a la Princesa del Desert.

—Voleu que obri jo?

—Sí, considero que és el més adequat. Però feu-ho amb una prudència extrema, us ho prego.

Samah va agafar la clau de la mà del bibliotecari i llavors la va ficar al forat del pany. Tots els ulls estaven fixos en els seus moviments. Després la clau va fer mitja volta i el pany va girar.

Els cors dels presents bategaven amb força i les paraules no arribaven a prendre forma perquè la tensió els oprimia la gola a tots.

Samah, Kalea, Kaliq i Haldorr estaven a punt d'entrar a l'estança del *Llibre de les Bruixes*.

La Princesa del Desert va ser la primera a donar un cop d'ull a l'interior, amb l'espelma a la mà, per fer llum. Era un lloc estret, de planta quadrada; al centre, hi havia una taula de fusta amb un llibre tancat al damunt.

Respirant fondo, Samah va tancar la porta en silenci i va explicar als altres què havia vist.

—No s'ha mogut. Sembla tranquil.

—Això no vol dir que no s'esvaloti quan hi entrem tots —va objectar Haldorr—. No us vull espantar, amics meus, però us recomano que mantingueu tots els sentits alerta, perquè no us enxampi desprevinguts.

—Com s'entén això? Voleu dir que ens podria atacar encara que no provem d'obrir-lo? —va preguntar Kaliq, sorprès.

—Em penso que no, però la prudència mai no sobra.

Llavors, Samah va tornar a obrir la porta i tot el grup va entrar a l'estança.

El llibre era allà, davant dels seus ulls. Era bastant gros, amb una tapa de cuir repujat i aparentava segles d'antiguitat. Al bell mig de la tapa, hi destacava el títol, escrit amb lletres daurades: *Llibre de les Bruixes*.

—És molt bonic! —va murmurar Kalea.

El llibre no es va moure.

Tots van fer la volta a la taula per comprovar que no hi hagués cap altre objecte en aquella estança.

Després, Samah s'hi va acostar i va fregar la tapa amb els dits.

Els presents van contenir la respiració, però no va passar res. Després, va tocar el llibre amb més decisió i hi va deixar la mà al damunt uns instants.

No hi va haver cap reacció.

Aleshores, Samah va alçar la tapa... i, quan estava a punt de fer un somriure de triomf, va tenir lloc un imprevist.

De cop i volta, la taula es va omplir de llengües de foc que van envoltar el llibre com una trinxera defensiva. Tot i que Samah va fer un ràpid salt enrere, se li va cremar una màniga del vestit.

Així que se'n va apartar, les flames es van retirar i es van esvair en el no-res amb la mateixa velocitat amb què havien aparegut.

Samah es va reunir amb els altres i, tot fent un esforç per recuperar el control de si mateixa, els va dir:

—En fi! Encara que sigui cert que hi ha una princesa destinada a consultar el llibre, és evident que no sóc jo!

—Proveu-ho vós, Kalea —va dir Haldorr.

Kalea va fer un pas enrere, esporuguida.

—Jo?!

La Princesa dels Coralls no tenia l'empenta de la seva germana i estava molt espantada. Però era una princesa i no es podia negar a complir els seus deures. La salvació del Gran Regne passava per davant de tot, fins i tot de les seves pors.

Va tancar els ulls, es va concentrar en la respiració fins que es va fer lenta i regular, i s'hi va acostar.

Va allargar la mà cap a la tapa del llibre, però la va retirar al cap d'un instant, cosa que va sobresaltar tots els presents.

Ho va tornar a provar i, aquesta vegada, el va tocar.

Després, amb molta cautela, el va obrir.

Tal com havia fet amb Samah, d'entrada, el llibre no va oposar cap resistència. Ni tampoc a continuació.

Kalea, més tranquil·la, va demanar una espelma per poder-ne llegir el contingut.

—No entenc ni una paraula! —va exclamar.

—Com és possible? —va preguntar Kaliq, atònit.

—Rotnaj muror, frascoter loli namabera hotre... —Kalea va llegir les paraules tal com les veia escrites.— Quina llengua més estranya!

—No és una llengua. És una il·lusió. No és un llibre qualsevol, princesa Kalea. Us ha desafiat a anar més enllà de l'escriptura, que solament és la forma per arribar al significat de les paraules.

—Forma, significat... no sé ni per on començar. Mmm... A veure...

—Tanca els ulls i toca les pàgines mentre proves d'imaginar-te'n el contingut —li va suggerir Samah—. Els ulls ens enganyen. La fantasia, no. És el que faig per orientar-me al desert i t'asseguro que funciona.

Kalea va seguir el consell de la seva germana gran i va tancar els ulls. Llavors, va fregar les pàgines escrites del llibre amb la punta dels dits; els signes en relleu que havia format la tinta li van suggerir immediatament unes imatges que van prendre forma en la seva ment. En aquell moment va tornar a obrir els ulls i, finalment, el va poder llegir.

—Se n'ha sortit!

Kalea es va quedar en silenci uns minuts.

—Ens pots dir de què parla? —li va demanar Kaliq,

trencant el silenci. El Príncep dels Coralls estava ansiós per conèixer la història de les Bruixes Grises.

—Parla d'una flota de vaixells que comanden uns capitans i unes tripulacions que són mig peix i mig home... En diuen els Nàufrags dels Abismes i estan al servei de les bruixes... Més ben dit, al servei d'una d'elles: Aquària, la Bruixa de les Marees. Es veu que fa servir alguna cosa per controlar-los. També afirma que n'hi ha set, de bruixes... Les anomenen les Bruixes Grises i posseeixen una màgia molt potent, la Màgia Incolora... —Kalea girava les pàgines amb atenció, i s'esforçava per resumir-ne el contingut als altres tan de pressa com podia perquè temia que el llibre se li rebel·lés d'un moment a l'altre.

—Hi ha cap més informació sobre aquests vaixells, al llibre? N'hem de saber tant com puguem per poder-los aniquilar! —va exclamar Samah!

—Pel que sembla, els vaixells d'aquesta flota no naveguen junts, sinó que van per separat en cadascun dels cantons del regne... Els capitans, lleials a les bruixes, són uns caçadors de preses i, gràcies a la seva doble naturalesa d'homes i peixos, són immunes als sentiments... Aquí hi ha escrit que Aquària utilitza una mena de reclam per comandar la flota dels abismes i que, de vegades, li corresponen amb un càntic... Aquest reclam, el produeix un objecte màgic que resulta que té un poder extraordinari...

—De què es tracta? —va preguntar Haldorr.

—Em sap greu, però no ho diu. Però és evident que si trobem aquest objecte podrem controlar la flota de la bruixa Aquària.

—Hi diu res, de Helgi?

—No, no hi trobo cap referència al nostre amic. Però el llibre dóna moltes explicacions sobre la residència de les Bruixes Grises. La descriu com un indret sinistre i perillós on res no és el que sembla.

Kalea va fullejar el llibre per llegir-ne més coses, però, de sobte, el volum es va tancar i el va envoltar un núvol de fum tan dens que l'aire de l'interior de la petita estança es va tornar irrespirable. Haldorr, protegint-se els ulls i la boca, es va precipitar a obrir la porta, que s'havia tancat d'improvís amb un cop sec. Quan la va obrir, el fum es va dissipar.

Només era una advertència: el llibre ja s'havia cansat que el consultessin.

Kalea es va refugiar en braços de Kaliq, espantada.

—I ara, què? —va preguntar el príncep a Haldorr.

—No us ho sabria dir. No crec que ens deixi llegir res més —va dir el bibliotecari.

—Us suggereixo que ens l'emportem a Arcàndida —va proposar Samah, amb el seu innat sentit pràctic.

—Això si ens en sortim...

—Escolteu, independentment de com vagin les coses, hem de tenir un pla. No ens el podem posar sota el braç i sortir d'aquí com aquell que res —va dir Haldorr.

—El podem posar en un sac de cànem. N'he vist uns quants aquí fora —va suggerir Kaliq.

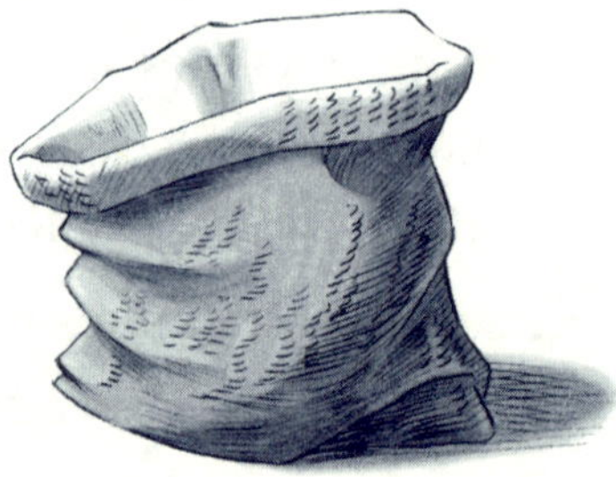

Tot i que Haldorr no veia gaire clar que la idea de Kaliq funcionés, la va acceptar.

—Ho provarem...

Va sortir de l'estança i hi va tornar amb el sac. Mentrestant, el llibre s'havia quedat immòbil.

—Ens col·locarem als quatre costats; jo provo d'agafar-lo i ficar-lo a dins, i vosaltres hi interveniu si es rebel·la, entesos? —va proposar Kaliq.

—Perdona, però, no és millor que l'agafi jo, que sóc l'única a qui ha permès que s'hi acostés? —va dir Kalea.

Tothom hi va estar d'acord.

La princesa va agafar el llibre amb totes dues mans i

va intentar ficar-lo al sac que Kaliq mantenia obert davant d'ella.

Però va semblar que el llibre intuïa les intencions de la Princesa dels Coralls i va començar a bellugar-se d'una manera brusca i violenta, cosa que va obligar Kalea a deixar anar la presa. Tan bon punt va caure a terra, el llibre es va tancar sol. Tots els ulls dels presents estaven fixos en ell.

—Encara creieu que ens el podrem emportar sense problemes? —va preguntar Haldorr amb una expressió de desànim.

—M'hi jugo el que vulgueu que sí —va dir Kaliq.

Llavors, amb un moviment fulminant, va agafar el llibre, que no va tenir temps de reaccionar, i el va ficar al sac.

Se n'havien sortit.

17

Inquietud

Aquària va sentir una fiblada al costat en el moment precís que Kaliq capturava el *Llibre de les Bruixes* i el ficava al sac. La bruixa estava sola a la seva residència, situada en un indret de Castelloblic difícil d'indicar perquè canviava de lloc contínuament. En aquell moment concret, però, era al penúltim pis, molt a prop de la torre sense portes ni finestres on cap de les bruixes no podia ni s'atrevia a accedir. Cap, tret de la Mai Anomenada, líder indiscutible de les Bruixes Grises, temuda i evitada pel seu caràcter irascible i el seu cor despietat. Com les seves companyes, Aquària estava sotmesa al poder de la Mai Anomenada per un vincle d'obediència secret. Però, a diferència de les altres, a ella no li feia tanta por la Mai Anomenada. Potser perquè al seu tarannà rebel li costava suportar una obediència incondicional a algú que rarament es manifestava. O potser perquè al llarg de la seva prolongada estada a Castelloblic havia descobert alguna cosa sobre la Mai Anomenada, alguna cosa que la feia sentir més audaç i segura. Si la situació era realment aquesta, Aquària mantenia el secret escrupolosament i, com les altres, respectava atentament les normes que caracteritzaven la vida a Castelloblic.

El capvespre estava a punt de cobrir la immensa extensió de boira que embolcallava el quarter general de les bruixes. Amb un sospir, la Bruixa de les Marees es va apartar de la cara un ble de cabells foscos. Se sentia molt cansada. Havia estat un dia llarg i esgotador, impregnat de pensaments, gairebé tots angoixants. Dos atacs fracassats havien naufragat junt amb els seus Nàufrags dels Abismes. Miserablement. Havia de fer alguna cosa. Amb la màxima urgència. Havia de guanyar terreny al Rei Savi i credibilitat davant les altres bruixes. No es volia ni imaginar què dirien d'ella, com se'n burlarien les seves companyes si no triomfava en el seu intent de doblegar les forces del rei. Sobretot perquè els defensors del Gran Regne eren cinc mocoses, tres prínceps inútils i uns quants ajudants. En fi, que allò s'havia convertit en una qüestió d'amor propi: Aquària, la temible Bruixa de les Marees, no podia consentir que la derrotessin d'aquella manera. Havia arribat el moment de portar a terme l'atac definitiu.

Va recórrer amb quatre gambades la primera de les tres sales de què constava la seva residència. Eren uns espais ara amples, ara no, amb uns sostres que pujaven i baixaven amb una certa regularitat. Les parets eren fosques, d'un color verd gairebé blau; tenien incrustacions de mosaics, conquilles i fragments de corall. No hi havia cap objecte penjat als murs: ni un quadre, ni un mirall. La veritat era que a cap de les bruixes no li agradava contemplar la seva imatge, perquè els retornava un dolor, antic, però sempre present, vinculat al secret que havia marcat la seva vida.

La decoració també era força espartana. Al centre de la primera estança hi havia un gran llit amb un matalàs fet exclusivament d'algues brunes dels mars del nord, les úniques que, segons deia la bruixa, proporcionaven un repòs saludable i beneficiós. Els llençols eren de bissus pur i els havia teixit amb cura la mateixa bruixa. Al costat, hi tenia una tauleta de nit senzilla i escrostonada que també procedia de les profunditats, concretament de la cabina d'un vaixell que se n'havia anat a pic una nit de tempesta. Als peus del llit hi havia un banc antic, de ferro rovellat, que estava davant d'un gran armari de fusta. A la segona sala hi havia el guarda-roba d'Aquària. Els seus vestits, penjats en ganxos clavats a les parets, feien pensar en uns peixos enganxats a l'ham. Tots eren d'unes tonalitats que anaven del verd al blau, d'un

teixit finíssim, i estaven impregnats d'una forta olor de salabror, com les xarxes que es posen a assecar al sol.

A la tercera i última sala, s'hi custodiava l'objecte més important i valuós. Es tractava d'un corn marí de grans dimensions, de colors canviants i reflexos de mareperla, que estava col·locat damunt d'un pedestal al centre de la sala. Aparentment, era un cargol marí com tants que es troben fàcilment als mars càlids, però tenia un secret: es podia utilitzar com a corn bufant-lo. El so que emetia era molt especial. I molt potent.

Aquària es va acostar al corn marí i en va fregar la closca lluent amb un dit. Després, els seus llavis es van obrir en un somriure.

—Tu m'ajudaràs, amic meu.

Va agafar el reclam i es va dirigir al fons de la sala, on hi havia una piscina plena d'aigua de mar a què s'accedia baixant per uns esglaons excavats al terra de pedra fosca. Era el seu passatge màgic, la seva porta oberta al Gran Regne.

Aquària hi va baixar i s'hi va submergir.

Ben aviat arribaria al punt del seu pròxim atac. L'aigua la va transportar de la piscina a la immensitat del mar. La bruixa va caminar sense presses per les profunditats, travessant els jardins secrets i esponerosos dels abismes. Els va recórrer i va anar pujant fins que, prop de les platges d'un illot, els fondals van ser més baixos i sorrencs. La bruixa, que subjectava amb força el seu instrument, va emergir d'entre les onades i va mirar al seu voltant. Es trobava enmig d'una espessa capa de boira.

—Molt bé... —va dir amb una rialleta pèrfida—. Ja ha arribat el moment d'actuar.

Un instant després va desaparèixer, engolida per aquell no-res humit.

18

Tothom a casa!

La reina començava a preocupar-se. Ja havia passat una setmana des que les princeses havien partit en direcció als confins del regne, a la cacera de les Bruixes Grises. I encara no havien tornat.

El rei, que la veia caminar amunt i avall resseguint les muralles d'Arcàndida, per escrutar la inacabable planura glaçada, va mirar de tranquil·litzar-la:

—Comprenc que estiguis preocupada, però tot anirà bé, ja ho veuràs. Les nostres filles són unes noies madures i valentes. Durant els anys que han viscut lluny de nosaltres, cadascuna al seu regne, s'han hagut d'enfrontar a situacions de tota mena. I sempre s'han comportat amb una gran saviesa. Els vaig confiar aquesta missió perquè estava convençut que tornarien a casa sanes i estàlvies, enfortides per la unió dels seus cors valents.

—Ja ho sé, ja ho sé. Potser és una ximpleria i hauria de pensar com a reina i no com a... mare. Però, durant tot el temps que vaig estar empresonada a la Roca de la Son, no vaig poder gaudir dels seus somriures, les seves rialles, les seves confidències... I ara que per fi he recuperat la seva companyia, m'espanta pensar que els pugui passar alguna cosa.

El rei va abraçar la reina i es va limitar a dir-li:

—Has de tenir confiança. Aviat tornaran a ser aquí. —I, per distreure-la, va afegir:— He sentit que Arla i Erla es barallaven pel teu famós pastís de pastanaga. Cadascuna assegura que el fa més bé que l'altra!

—Aquestes cuineres són... incorregibles! D'acord, aniré a donar un cop d'ull a la cuina.

El rei es va quedar al pati. Volia anar a l'hort per comprovar en quines condicions es trobava. Encara no hi havia anat des que havia tornat a Arcàndida. Havia trobat a faltar tantes coses durant aquells anys! Després de la derrota del Príncep sense Nom s'havia fet la il·lusió que tindria un temps de treva o, si més no, que durant una temporada podria descansar i esbargir-se de les preocupacions del passat. Malauradament, l'aparició de les bruixes amenaçava la pau retrobada. Però no aconseguirien fer-li malbé els plans. No pensava consentir que ningú posés en perill la seva família ni la pau del regne. Mai més.

Mentre rumiava la manera de protegir el Gran Regne, va sentir la reina que cridava:

—Han tornat!

I, en aquell moment, la va veure sortir del portal de palau i córrer cap al reixat i el pont llevadís. Quan hi va arribar, el pont es va abaixar per deixar passar els viatgers que tornaven.

Eren Gunnar, Nives i Purotu, acompanyats dels dos llops de la guàrdia reial d'Arcàndida.

Els prínceps dels Gels tenien el rostre tens i pàl·lid, i per sota de les mantes esparracades amb què s'abrigaven s'entreveia la roba rebregada que duien.

La reina va abraçar Nives i la va portar cap al pati.

—Què us ha passat, filleta del meu cor? Sembleu... extenuats.

—Ai, mare, si sabessis el mal tràngol que hem passat...

En sentir aquelles paraules, el rei es va començar a preocupar. I els va cridar en veu molt alta.

—Entreu a escalfar-vos i a menjar.

Llavors, es va fixar que Purotu no deixava de petja Nives.

—Que us heu enfrontat amb les bruixes? Digue-m'ho!

El noi va acotar el cap.

—No. Però ens hem topat amb un vaixell, més ben dit, un derelicte, que forma part de la flota dels Nàufrags dels Abismes.

—Els Nàufrags dels Abismes, dius? I heu combatut contra ells?

Gunnar va assentir. El rei va comprendre que l'empresa havia estat més àrdua del que havia previst.

Després de prendre aliment, una beguda calenta i canviar-se de roba, Gunnar i Nives es van asseure en un còmode sofà i van començar a relatar la seva aventura amb el capità Ganya Negra i la seva tripulació d'éssers mig home i mig peix.

El rei i la reina els van escoltar amb atenció i es van quedar bocabadats en saber com havien aconseguit escapar-se de les urpes del vaixell fantasma.

—No em sé avenir que hagi estat precisament el capità Buhl qui us ha salvat i us ha conduït a Arcàndida amb l'*Escata*! —va exclamar el rei amb els ulls esbatanats per la sorpresa—. Té fama de ser un pirata despietat!

En aquell moment van entrar a la sala els membres d'una altra expedició: Kalea, Samah, Kaliq i Haldorr.

La Princesa dels Coralls, que va ser la primera d'entrar, va arribar a temps de sentir aquell nom de llavis del seu pare.

—Que ha reaparegut, el pirata? —li va preguntar, preocupada.

—També heu tornat vosaltres! Quina alegria! Vaig a dir-ho a la tieta Berglind —va afegir la reina—. Però amb delicadesa, que quan s'ha assabentat del retorn de Nives i Gunnar s'ha desmaiat de l'emoció.

La reina va fer un petó a les seves filles i va pujar corrents al pis de dalt.

—Disculpeu-la —va dir el rei—. Estava tan preocupada per vosaltres que ara la felicitat de tornar-vos a tenir a casa seva no la deixa parar quieta.

—Ho comprenc. Hem estat separades tant de temps... —va comentar Samah.

—De totes maneres, responent a la pregunta de Kalea —va dir Nives—, sí, el capità ha reaparegut. Afortunadament, perquè si no... no sé pas quina fi hauríem fet!

—«Afortunadament», dius? Com s'entén, això? —va preguntar Kalea.

—Si no hagués estat per ell i els seus homes, encara estaríem en mans del capità Ganya Negra i la seva horripilant tripulació —va afegir Gunnar.

—Pel que hem pogut saber, les bruixes disposen d'un vaixell que més aviat sembla un derelicte que hagi estat sota les aigües durant segles; té el buc cobert d'incrustacions de mol·luscos i d'algues. I la tripulació, la formen uns éssers mig home mig peix que emanen una pudor fastigosa i estan mancats de sentiments —va explicar Nives.

Kalea va assentir. La descripció de Nives es corresponia amb el que havia llegit al *Llibre de les Bruixes*. En aquell moment, però, la va assaltar un pensament angoixant:

—I Purotu? No el veig... Li ha passat alguna cosa?

—No pateixis. Ha tornat sa i estalvi. Però les ha passat molt magres perquè ha caigut a les aigües gèlides del mar. Ha estat el capità Buhl qui l'ha salvat abans de venir a auxiliar-nos amb l'*Escata*. Ara Purotu descansa a la seva habitació. Estava esgotat.

Gunnar va completar el relat amb més detalls.

—Arrapat al vaixell, hi havia un pop gegant amb uns tentacles que feien uns quants metres de llargada i eren tan forts com mil homes. Ens ha aixecat pels aires com si fóssim uns branquillons. Ha estat un malson.

—Em fa tan feliç que torneu a ser a casa! No us ho podeu ni imaginar! —va concloure el rei—. On és el pirata?

—Ens ha deixat a la planura glaçada, al sud del palau, i després ha llevat àncores. Li he preguntat si ell i la seva tripulació es volien quedar perquè els rebessin a la cort d'Arcàndia. Però s'hi ha negat. És un individu força esquerp. Només m'ha dit que donés records a la princesa Kalea i al seu cuiner, Emiri.

Kalea va fer un somriure pensant en l'habilitat d'Emiri. Si hagués estat allà, s'hauria sentit molt orgullós. Els seus plats exquisits havien conquerit el notori capità Buhl. Era un gran honor que no deixava indiferent cap cuiner.

Just en aquell moment, el sac de tela basta que Haldorr duia a la mà va començar a bellugar-se i a estrebarlo amunt i avall.

—Què hi ha, aquí dins? Heu capturat alguna cosa? —va preguntar Gunnar.

—En certa manera, sí. Hem capturat un llibre —va explicar Haldorr, arrugant el front—. Més ben dit: «el» llibre!

—Hem aconseguit portar el *Llibre de les Bruixes* aquí —va afegir Kalea.

—M'imagino que ja heu tingut ocasió de comprovar que és molt perillós —va dir el rei.

Kalea va assentir, recordant les insídies que s'amagaven entre les pàgines del llibre.

—Però té un contingut molt interessant —va afirmar Samah—. N'hem obtingut unes informacions molt valuoses sobre la Bruixa de les Marees i la misteriosa flota dels Nàufrags dels Abismes...

—Nosaltres també n'hem esbrinat alguna cosa! —va comentar llavors una altra veu. Era Iara.

L'últim grup havia tornat a casa. Els rostres de la Princesa dels Boscos, de Vannak i dels Prínceps de la Foscor, Diamant i Robí, mostraven un gran cansament i unes ulleres molt profundes testimoniaven la dificultat de l'empresa que havien portat a terme.

—Ja tornem a estar tots junts... És meravellós! —va exultar el rei.

La reina va arribar en aquell moment, en companyia de Purotu i la tieta Berglind.

Hi va haver un afectuós intercanvi de petons i abraçades. I també alguna llàgrima... de felicitat, és clar!

Després, cadascun d'ells va explicar fil per randa les aventures que havia viscut; tot plegat eren peces d'un mosaic que començava a prendre forma. Van confirmar allò que Kalea havia llegit al *Llibre de les Bruixes*: que els Nàufrags dels Abismes disposaven de més d'un vaixell i que atacaven simultàniament. Era evident que les bruixes estaven decidides a ensenyorir-se d'allò que els havien promès, és a dir: el control del regne. I no s'aturarien davant de res per obtenir-ho. Per la seva banda, tenien unes armes molt potents: per començar, la Màgia Incolora, i, a continuació, la flota dels Nàufrags dels Abismes, que controlava la temible Bruixa de les Marees.

—Es veu que té un objecte màgic que utilitza com a reclam per cridar la flota —va dir Samah.

—Quin objecte?

—Temo que el llibre és massa astut i no ens ho voldrà revelar. S'ha tancat just quan Kalea començava a llegir-ho.

—I ara què fem? —va preguntar la reina al seu marit.

—Les bruixes deuen estar molt descontentes pel fracàs dels seus aliats i segurament es voldran venjar organitzant un atac massiu.

—I no podríem evitar el conflicte? —va preguntar la reina.

—No! Les hem de combatre! —va exclamar Iara, tan aguerrida com sempre.

—Iara té raó —va dir Diamant.

—Jo també hi estic d'acord! —va exclamar Nives.

I les altres princeses, també.

—Decidit, doncs —va concloure el sobirà—. Ens prepararem per rebre-les i derrotar-les. I ja veureu com també aconseguirem trobar i rescatar Helgi. Si no ho he entès malament, cap de vosaltres n'ha sabut res.

—No —va dir Diamant.

—Entesos. Ara, aneu a descansar i a recuperar les forces —va dir el rei—. Consultarem amb el coixí els pròxims moviments. Ah, i, sobretot, us recomano que no us acosteu al llibre per cap motiu. M'he explicat prou bé?

Tots van assentir. Després, es van dispersar pel palau. Els més famolencs van pispar uns quants talls del deliciós pastís de pastanaga que havien preparat Erla i Arla amb l'ajuda de la reina, i després se'n van anar a dormir.

19
El pacte amb el Llibre de les Bruixes

Tot i estar esgotada, Kalea no podia agafar el son. S'havia girat i regirat al llit, havia escoltat la respiració regular de Kaliq, que dormia al seu costat, però... res. Mirava el sostre altíssim, d'on penjava un llum de vidre de sis braços, cadascun dels quals estava ricament guarnit amb aplicacions d'or. El veia molt bé perquè el cel del Regne dels Gels no s'enfosquia mai del tot. A més, aquella nit l'il·luminava una gran lluna plena que projectava els seus rajos argentats a l'interior de les estances de palau.

De sobte, va decidir llevar-se. Es va posar una bata i va sortir al passadís, desert i silenciós.

Sabia on Haldorr havia desat el llibre: l'havia tancat

en un armari del Saló de les Espurnes.

«Quin nom més adequat per a una estança que allotja un llibre tan ple d'energies», va pensar Kalea, amb un somriure.

Sense dubtar ni un moment que aconseguiria consultar el llibre per segona vegada, va fer cap al saló. Va obrir la porta amb delicadesa i hi va entrar. En aquell saló, la lluna també creava uns jocs de llum prodigiosos a través de les parets de gel del palau. Havia de complir una missió molt important: en depenia l'èxit del pla del seu pare!

Es va acostar a l'armari confiant que Haldorr no l'hagués tancat amb clau i va agafar l'anella de llautó que hi havia sota el pany. La va estirar amb els ulls tancats i... la porta es va obrir.

Kalea estava exultant: allò era un bon presagi.

Llavors va mirar dins l'armari, però estava molt fosc i no veia res. Confiant no ficar-se en cap embolic, hi va introduir la mà dreta i va començar a furgar en l'interior. Va tocar uns objectes que, pel tacte, va suposar que eren de fusta, teles diferents i, finalment, el cànem del sac que suposadament contenia el *Llibre de les Bruixes*. Estava immòbil o, si més no, ho semblava, però la princesa sabia de sobres que havia d'estar a l'aguait.

Amb cautela, va agafar el sac, el va treure de l'armari i el va posar a terra, davant de la finestra. Si aconseguia obrir el llibre, li caldria tenir a prop una font de llum. Satisfeta amb la seva idea, va començar a desfer el nus de la corda que tancava el sac.

Tot estava tranquil. Llavors, va treure el llibre i el va deixar a terra.

No hi va haver cap reacció.

Va intentar obrir la tapa del llibre, però no va poder. Semblava que estigués encolada a la primera pàgina. Kalea va insistir, però no va obtenir cap resultat.

Llavors, la Princesa dels Coralls va provar d'obrir-lo fent força, però només va

aconseguir que el llibre fes una sotragada i caigués feixugament a terra. Kalea confiava que no es desvetllés ningú. Ben segur que si algú la trobava allà, enfrontant-se al llibre tota sola, la renyaria per la seva imprudència. Però ella estava molt segura del que feia i del que pensava obtenir.

Va fer un altre intent d'obrir-lo, però no se'n va sortir.

—Aconseguiré obrir-te i llegir les teves pàgines. Entre tu i jo hi ha un acord que no he establert jo. Com que sóc la princesa predestinada a consultar-te, no t'hi pots negar, ara que t'he trobat. Per això et faig una proposta: jo et diré què necessito saber, tu t'obres per la pàgina que toqui, ho llegiré i després et deixaré en pau. D'acord? —Kalea s'adreçava al llibre, sorpresa per la seva gosadia. Sempre s'havia considerat una noia tímida i poc inclinada a afrontar els perills cara a cara. Ara, en canvi, molts dels seus temors havien cedit pas a una determinació que li era desconeguda.

El llibre va continuar immòbil uns instants, i després es va obrir de cop.

Kalea s'hi va acostar, molt contenta d'haver-lo convençut.

«...la flota dels Abismes ja està preparada per atacar el regne del rei enemic».

«A 25 graus est i 73 graus sud hi ha la porta que permetrà l'accés als superbs vaixells que portaran tant d'horror i destrucció a l'enemic com glòria a les seves senyores i mestresses...».

Kalea tot just va tenir temps d'assimilar el contingut d'alguns paràgrafs perquè, poc després, el llibre es va tornar a tancar.

—Molt bé, m'has revelat el que volia. Gràcies —va dir mentre li acariciava la tapa. Era llisa i tova. Kalea va pensar que era una llàstima que aquell llibre tan bonic hagués d'estar sempre reclòs.

El va posar dins del sac amb delicadesa i el va ficar a l'armari. Després va tancar la porta i es va posar a reflexionar.

Havia desobeït el seu pare, ben cert, però havia obtingut una informació molt important. Què n'havia de fer? Era negra nit i tots estaven cansats, fins i tot el rei. Si els ho explicava en aquell moment, la situació no canviaria gens; per tant, va decidir donar-los la bona notícia l'endemà al matí. Se'n va tornar al llit i aquesta vegada es va adormir de seguida.

L'endemà, Arcàndida es va despertar amb un sol alt i radiant que va infondre un extraordinari bon humor en tots els cors.

Kalea se sentia especialment feliç. No va explicar el que havia descobert a Kaliq, perquè es va estimar més parlar-ne quan estiguessin tots junts.

Va fer cap al menjador on s'havia reunit tota la família per esmorzar.

—Bon dia, bonica, has pogut descansar? —li va preguntar la seva mare.

—La veritat és que amb prou feines he dormit. Però estic d'un humor excel·lent perquè us donaré una molt bona notícia.

—De debò? —li van preguntar a cor les seves germanes.

—He descobert l'indret on començarà l'atac dels Nàufrags dels Abismes!

—Com t'ho has fet? —li va preguntar el rei.

—Doncs... ho he llegit al *Llibre de les Bruixes*.

El rei estava visiblement inquiet.

—Què has fet?!

—Ja sé que ens ho vas prohibir, però jo sóc l'única a qui el llibre permet acostar-s'hi i la situació és tan greu... Vaig pensar que era l'única possibilitat que teníem de salvar el Gran Regne. Per això he baixat al Saló de les Espurnes mentre vosaltres dormíeu i he agafat el llibre.

—No hi ha oposat resistència? —va demanar Haldorr, encuriosit.

—Al començament, sí, però després hem fet un pacte.

Samah es va quedar de pedra.

—Que has fet un pacte amb el *Llibre de les Bruixes*?!

—Sí —li va respondre Kalea, molt orgullosa—. Li he dit tal com raja que només necessitava una informació i que s'obrís a les pàgines on era escrita. Després, el deixaria en pau. I ho ha fet.

—Sembla mentida —va comentar el bibliotecari d'Arcàndida—. D'acord que sou la princesa elegida, però d'aquí que s'hagi sotmès a la vostra voluntat d'aquesta manera...

—M'enorgulleixo de tu, filleta —va dir el rei, interrompent altres comentaris—. T'has saltat les normes, però també has estat molt valenta enfrontant-te al llibre tota sola. Ara bé, no em tornis a desobeir ni cometis més imprudències. Una princesa de debò ha de saber respectar les normes: és fonamental.

Kalea va acotar el cap amb una expressió dòcil.

—Ens pots dir què has descobert?

—És clar, pare: 25 graus est i 73 graus sud.

—Què és això? —va preguntar Nives.

—Són unes coordenades geogràfiques —va respondre Kaliq, que havia viatjat molt.

—Haldorr, porta'ns un mapa, sisplau.

El bibliotecari va desaparèixer pel passadís i va tornar poc després amb un full de paper plegat. Quan el va desplegar damunt la taula, sota els ulls meravellats dels comensals, va resultar que era un mapa molt gran i acurat del Gran Regne, que estava indicat amb el nom d'«El Regne».

Haldorr i el rei, amb l'ajuda de Kaliq i Robí, van calcular amb un compàs i un regle el punt exacte que els havia indicat Kalea.

—És aquí! —va anunciar el rei, finalment, assenyalant un punt del mapa amb el dit.

L'indret de l'atac era al Regne dels Coralls, en un sector del mar situat entre les tres illes principals.

Kalea va tenir un sobresalt.

—Volen atacar Flordoblit! No! Els ho hem d'impedir!

—I combatrem fins a l'últim alè per a això! —va exclamar Gunnar, alçant-se.

—Nosaltres també hem d'organitzar una flota —va afegir Iara, que, després de l'amarga experiència amb el capità Krakeli, havia comprès que, també al mar, la unió fa la força—. Jo reuniré totes les piragües disponibles del Regne dels Boscos.

—I jo totes les embarcacions del Regne dels Coralls —va anunciar Kalea.

—Nosaltres també aportarem les barques de què disposem —va dir Nives.

A Samah i Diamant els va saber greu no poder contribuir gens a la nova flota, però sabien que ho compensarien d'una altra manera.

Ja estava decidit: ben aviat, una gran flota s'aplegaria al mar del Regne dels Coralls per contrarestar l'atac de les Bruixes Grises.

I els arribaven reforços de tot arreu. Perquè, ara més que mai, el Gran Regne era un sol regne.

SEGONA PART

20
La flota del Gran Regne

Totes eren allà, ancorades entremig dels atols i les illes que formaven el Regne dels Coralls, immòbils en l'aigua cristal·lina que projectava les seves ombres allargades en les profunditats. Eren les embarcacions de la flota del Gran Regne, totes les que els seus habitants havien pogut aplegar per enfrontar-se a l'imminent atac de les bruixes.

Quan el rei es va trobar al davant d'aquell desplegament de forces, una emoció intensa i difícil de descriure amb paraules li va envair el cor. No hi ha res més commovedor per a un sobirà que assistir a una manifestació de solidaritat tan gran i generosa. No havia passat gaire temps des que havia enviat la seva petició d'ajuda, i el seu poble havia respost, generosament i ràpidament. També era mèrit de les princeses, que s'havien esforçat a difondre la notícia de l'atac imminent i havien coordinat totes les ofertes d'ajuda dels habitants del regne.

—Estic molt orgullós de vosaltres —va dir el rei a les seves filles.

La platja que hi havia davant del palau reial de Flordoblit no havia presenciat mai cap esdeveniment semblant.

—No ens ho agraeixis a nosaltres —va respondre Kalea—. Així que la població del Regne dels Coralls s'ha assabentat del que passava, s'han afanyat a aplegar barques, piragües, rais... qualsevol cosa capaç de navegar, i ho han portat aquí. Fins i tot hi ha un grup de calafats que s'han posat a construir embarcacions noves per posar-les a la nostra disposició. I tot en una sola nit.

—Això em toca el cor, de debò. Tingueu sempre present que la grandesa d'un poble es veu en els moments difícils —va afirmar el rei.

—Ara només cal esperar —va comentar Gunnar, pensatiu.

El comentari del Príncep dels Gels era molt encertat: les bruixes es podien manifestar en qualsevol moment. Això volia dir que podien passar setmanes. Potser mesos. Cap d'aquells homes resistiria tant de temps. Tothom desitjava que l'espera fos ben curta.

—Ens en sortirem? —va preguntar Kalea al seu pare.

—Oi tant! —va respondre el rei, amanyagant-li els cabells.

Llavors, Iara li va fer un senyal.

Encuriosida, Kalea es va acostar a la seva germana. Iara es va posar un dit a la boca, per indicar-li que no parlés, i, a continuació, la va conduir a un lloc apartat.

—Per què hem vingut aquí? —va preguntar la Princesa dels Coralls. La seva germana petita l'havia portat a sota d'una palmera gegant.

El sol picava fort i estava dalt de tot del cel blau. Sota les fulles allargades de la planta s'hi respirava una agradable brisa perfumada de mar.

—Tinc una idea —va xiuxiuejar Iara—, però necessito que m'ajudis per portar-la a la pràctica.

Kalea la va mirar amb desconfiança. Coneixia prou bé el caràcter rebel i agosarat de la seva germana petita, i la cosa no presagiava res de bo. Tant de secretisme li feia pensar que Iara havia tingut una de les seves ocurrències, i que, possiblement, tenia la intenció de fer alguna cosa prohibida. Kalea va fer un sospir, estava convençuda que escoltaria una proposta que es veuria obligada a refusar per no contravenir les disposicions del seu pare... O, encara pitjor, temia haver de convèncer la seva germana perquè no portés a terme un pla arriscat.

—Buida el pap! De què es tracta? —li va preguntar en un to escèptic.

—És molt fàcil. La nostra flota està desplegada aquí, esperant les bruixes, oi? Però, per molt que el nostre front sigui compacte i nombrós, no sabem com es desenvoluparà l'atac. I, justament perquè no ho sabem, sempre anirem un pas endarrere respecte a les bruixes i els seus moviments.

—I què?

—Doncs que se m'ha acudit una maniobra més astuta: atacar-les per darrere! —va anunciar amb un gran entusiasme que no va fer cap efecte a la seva germana, més prudent i assenyada.

Kalea observava la Princesa dels Boscos amb una mirada severa que no prometia cap mena de col·laboració.

—No trobes que és una idea genial? —li va preguntar Iara.

—No, Iara. Ben al contrari, em sembla una temeritat. No sabem on ni quan apareixerà la flota de les bruixes...

—Oi tant que ho sabem! Tu mateixa vas llegir les coordenades exactes al *Llibre de les Bruixes*.

—Sí, però no sabem res més: com ens atacaran, de quina manera arribaran, si es presentaran d'improvís, precedides d'un banc de boira... Hi ha tantes incògnites que no podem preveure!

—Tot plegat són excuses! Ja veig que no em vols ajudar. Per què?

—Perquè hem decidit fer-ho d'aquesta manera: esperar-les aquí i fer una operació conjunta i, a més, el pare no hi estaria d'acord, prou que ho saps.

—O sigui que és aquest el motiu: t'arrisques a no salvar el Gran Regne, perquè no vols desobeir el pare per segona vegada.

—I et sembla absurd, el meu motiu? —va replicar Kalea.

—No, però ens hi juguem la pau i potser la vida, també.

—Doncs parlem-ne amb ell.

—No podem. Ens ho prohibirà. En canvi, si no li diem res, ens podrem moure sense que ens destorbin. Com que ho farem pel bé del regne, al final n'estarà satisfet, n'estic segura.

Kalea no semblava gaire convençuda.

—I què has pensat fer?

Una llum d'esperança es va encendre als ulls de Iara.

—Agafarem una piragua cadascuna i anirem cap al centre.

—El centre, dius?

—Sí. Tots els atacs tenen un centre, un punt des d'on es coordina i dirigeix, i és allà on hem d'anar, perquè allà hi trobarem les nostres enemigues; més ben dit: la nostra enemiga... —va explicar la Princesa dels Boscos—, la bruixa Aquària.

—Entesos. I després?

—Buscarem el punt dèbil de la bruixa.

—I tu com saps que en té un?

—Tots els exèrcits tenen un punt dèbil. A més, recorda allò que vas llegir al *Llibre de les Bruixes*: la Bruixa de les Marees fa servir un reclam per controlar i guiar la flota dels Nàufrags dels Abismes. Ens pertoca a nosaltres trobar-lo i destruir-lo. Llavors, els exèrcits de la bruixa es desorientaran i ho tindrem molt més fàcil per derrotar-los.

El pla de Iara era coherent, sens dubte, però també extremament perillós. Kalea estava totalment segura que el rei no aprovaria una iniciativa d'aquell estil. Però, en el fons, la seva germana tenia raó: s'hi jugaven la salvació del regne i, fins que no hi hagués una altra informació en contra, la batalla es lliuraria al Regne dels Coralls, que, abans de la derrota del Príncep sense Nom, li havien confiat a ella i, per tant, tenia el deure d'intervenir per protegir un lloc que s'estimava tant.

—I com et puc ajudar? Explica-m'ho! —va preguntar Kalea a la seva germana.

—Jo no conec aquests mars i no em sabria orientar entre els atols per localitzar el quarter general de la seva flota. Correria el perill de perdre'm, però, si tu em fas costat, serà molt fàcil. Què? Et decideixes? Em vols seguir?

Kalea va trigar un instant abans de respondre-li.

—Fet! Tant de bo que surti bé. Ens hi acompanyarà Garcia, la meva fidel orca. No hi ha cap guia millor en tot el Regne dels Coralls.

—Una idea excel·lent! I, ara, tornem amb els altres, perquè, si no, sospitaran que en portem alguna de cap.

Després d'un llarg dia d'espera, es va fer de nit. Mentre les primeres estrelles ja despuntaven en la volta ce-

leste, que encara resplendia per la banda de ponent, alguna cosa es va perfilar a l'horitzó. La línia que divideix el cel i l'aigua, normalment tan ben definida, es va desenfocar, com si l'estiguessin esborrant. Una broma densa, amb uns estranys matisos blau gris, avançava des de mar obert en direcció a la flota desplegada en defensa de Flordoblit.

—És la boira que vam veure poc abans que aparegués el vaixell! —va exclamar Nives, amb la mirada clavada en un punt del mar que tenia al davant.

—N'estàs segura? —li va preguntar el rei, que era al seu costat.

—Seguríssima! —va respondre la princesa, decidida.

—Ho confirmo. És la mateixa boira —va afegir Iara, molt engrescada per l'empresa clandestina que es disposava a portar a terme amb Kalea.

—Ja la tenim aquí! Gunnar, acompanya'm. Hem d'ordenar els homes que es preparin per entrar en acció.

Gunnar el va seguir en silenci. Era un plaer i un gran honor poder tornar a obeir les ordres del seu rei. I combatre pel seu regne l'omplia d'orgull. Esperava que les forces del Gran Regne fossin suficients per repel·lir la flota de les bruixes, de la qual no coneixien l'origen ni el nombre exacte. Com tampoc no sabien gran cosa de les bruixes. Afrontar una batalla en aquelles condicions no seria fàcil. És clar que, si en coneguessin el punt dèbil, les coses serien diferents, però, de moment, l'únic que podien fer els homes del rei era aplegar les forces per iniciar la batalla.

Mentrestant, el sobirà ja havia començat a donar les disposicions al seu exèrcit.

—Vosaltres estareu a l'esquerra de la formació. No us separeu ni prengueu iniciatives personals. Recordeu que en aquests casos la unió fa la força, i només tindrem alguna possibilitat de guanyar si actuem de manera coordinada. Entesos?

—Sí, majestat! —van respondre tots els homes alhora.

Quan Iara va escoltar aquelles paraules, va sentir una fiblada de penediment per la decisió que havia pres, però aquella sensació li va passar de seguida i va cedir lloc a la convicció que la seva elecció era l'adequada.

El rei va continuar donant instruccions:

—Disposeu-vos en files paral·leles per crear una barrera de barques que sigui impossible de travessar —va ordenar al cos central de l'heterogènia flota del Gran Regne.

Els homes, a bord de piragües i d'altres embarcacions, es van col·locar immediatament tal com els ho havia manat el rei.

Gunnar es va fixar que també hi havia nois molt joves, que segurament no podrien contribuir amb experiència, però que sens dubte combatrien amb un gran coratge. Tenien l'expressió ferotge de qui està disposat a tot per triomfar en una empresa. Aquell ardor també va enorgullir Gunnar, que només lamentava no poder comptar amb els seus fidels amics, els llops. S'havien quedat a Arcàndida per protegir el palau reial durant la seva absència. Confiava poder-s'hi retrobar amb bones notícies.

—Vosaltres, quedeu-vos a la rereguarda. Si tinguéssim la desgràcia que la flota de les bruixes obrís una bretxa, ens hem d'assegurar que no passin d'aquí i que no arribin al cor de Flordoblit —va ordenar el rei a un altre grup.

—No passaran! —va respondre un home, amb decisió.

—Mai! —van cridar els altres fent-se'n ressò, amb les mans alçades.

Un pescador de Flordoblit va fer un crit d'incitació que els altres van respondre amb ímpetu. I, tot seguit, aquell sector de la flota es va desplegar segons les disposicions del rei.

—Filles meves —va dir el rei, finalment—. A vosaltres no us diré què heu de fer. M'estimo més que sigueu vosaltres mateixes les qui escolliu on us voleu enfrontar a l'enemic. Però tingueu ben present una cosa: per cruels que siguin les bruixes, no ens hem de rebaixar a fer ús de la violència ni de tripijocs inútils. El nostre objectiu és defensar el Gran Regne, no fer-los mal a elles.

—Però, pare, han segrestat Helgi!

—No en tenim cap certesa, d'això, Nives.

Mentrestant, la boira s'anava acostant. Lentament, com una gran taca d'ombra que s'allargassava per damunt del mar cristal·lí que circumdava les illes.

Però no era l'únic que feia cap a Flordoblit.

—Allà a baix hi ha un vaixell —va informar un home d'una de les tribus del Regne dels Boscos.

El rei va agafar una ullera de llarga vista i va mirar. Era veritat. Però, per les descripcions que n'hi havien fet, no es podia tractar d'un dels vaixells de les bruixes. No era un derelicte; ben al contrari, tenia el buc de fusta lluent i les veles, noves i inflades, tenien un símbol molt especial...

—Són pirates! —va exclamar el rei, preocupat.

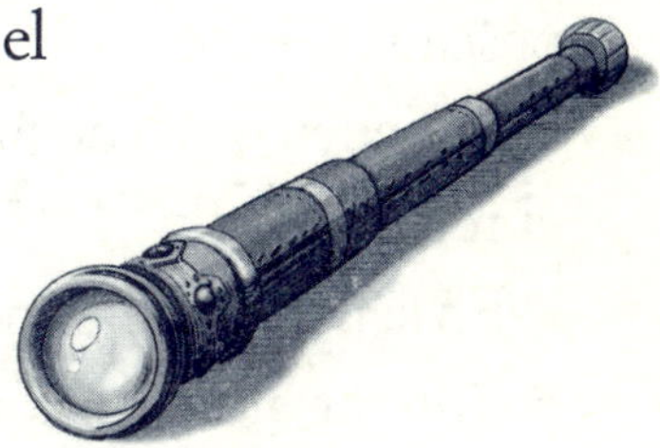

—Em permeteu que hi doni un cop d'ull? —li va demanar Gunnar, amb deferència.

El rei li va passar la ullera de llarga vista.

—És l'*Escata*! El vaixell del capità Buhl!

—Vols dir els pirates que us van rescatar del vaixell de les bruixes?

—Sí, són ells.

—Llavors, m'imagino que no han vingut aquí per atacar-nos.

—No ho crec, però només ells ens podran explicar el motiu de la seva vinguda.

Quan l'*Escata* va ser prou a la vora, va calar una xalupa al mar amb uns quants homes a bord; un d'ells duia un abric molt ample. Era el capità Buhl: una màscara de ferro li cobria el rostre i seia a proa amb un posat altiu.

En pocs instants, els pirates van arribar a la riba. Així que els habitants del Regne dels Coralls els van veure, van empunyar fitores i ganivets.

—Abaixeu les armes! —va ordenar el rei.

—Però, majestat, que són pirates! —va objectar un pescador, arrugant el front.

—Vénen en so de pau. Abaixeu les armes —va repetir el rei.

En sentir aquelles paraules, tots el van obeir, però van continuar alerta. Els pirates no eren de fiar, i ells, que havien presenciat la destrucció i el saqueig de les seves cabanes, ho sabien més bé que ningú.

El primer que va desembarcar a la platja de sorra blanca va ser justament el cap dels pirates. Era la primera vegada que ho feia. Amb la seva tripulació havien saquejat alguns atols de la rodalia, però mai no havien arribat a les tres illes principals; mai no havien arribat fins a Flordoblit.

—Càsum tots els taurons! —va exclamar el capità—. No havia vist mai un desplegament d'embarcacions tan gran! —va comentar observant la flota del Gran Regne, alineada per repel·lir l'atac de les bruixes—. Us saludo —va dir, al final, simulant una petita inclinació davant del rei.

—Us estic molt agraït, capità Buhl. He sabut que vau salvar la vida de la meva filla, de Gunnar i del jove Purotu.

En aquell moment, va aparèixer el noiet i va saludar afectuosament l'emmascarat.

—Capità Buhl! M'alegro molt de tornar-vos a veure! Em permeteu que us presenti Naehu, el meu germà? —va dir donant una empenta al seu germà, que estava al seu costat, amb un aire tímid. La màscara del capità l'inquietava d'allò més.

—Encantat de coneixe't, nano! —li va dir, allargant-li la mà. Era grossa i la cobria un guant de pell negra que se li enfilava pel braç com un gran embut.— Tinc entès que ets un poeta. Quan tot això s'acabi, m'agradaria escoltar els teus versos —va dir el capità, cosa que va causar una gran sorpresa.

Tots els presents es van quedar bocabadats: qui es podia imaginar que aquell pirata ferotge tingués un esperit tan sensible?!

«Darrere d'aquesta màscara, s'hi deuen amagar moltes sorpreses», va pensar Kalea, que presenciava l'escena.

—A què es deu la vostra visita? —va preguntar el rei al pirata.

—Us hem vingut a oferir la nostra ajuda!

—N'esteu segur?

—Sí. Volem donar una lliçó a les bruixes. Ens van atacar una nit, després de confondre'ns els sentits i l'orientació amb aquella boira tan terrible, i ens van robar el cofre del tresor.

—Per què ho van fer? No crec que necessitin or ni joies... —va objectar el rei.

—És clar que no! Per a mi que es pensaven que hi trobarien alguna cosa més important, perquè, al cap de pocs dies, vam trobar el cofre amb tot el contingut intacte en un petit atol, no gaire lluny d'aquí.

El rei se'l va mirar, pensatiu. Què devien buscar les bruixes? Tot allò no li agradava gens.

—Sigui com sigui —va continuar dient el pirata—, els vull pagar amb la mateixa moneda.

—Doncs, en aquest cas, ens veurem obligats a renunciar a la vostra ajuda —va dir una veu femenina per darrere del rei.

—Capità Buhl, us presento la meva esposa, la reina del Gran Regne.

—Us saludo —va dir el capità, que aquesta vegada va

fer una inclinació formal—. Per què no la voleu, la nostra ajuda?

—Perquè la venjança és un sentiment que destrueix i castiga qui el sent. Nosaltres només lluitem per defensar-nos i no tenim cap intenció de fer cap mal a les bruixes, tret que sigui absolutament necessari. Enteneu la diferència?

El pirata no tenia clar si l'havia entès. Havia crescut sol i, des de petit, s'havia acostumat a obtenir el que volia per la força. Però, més que les paraules de la reina, el que va impressionar el pirata va ser la bellesa de la noia que l'acompanyava. Tenia els cabells llargs i brillants com els ponts del seu vaixell i la pell clara com la lluna. L'observava a través de la màscara, content de dur-la en aquella ocasió perquè dissimulava la vermellor que, sens dubte, se li havia escampat per les galtes. Estava segur que si la noieta li hagués vist la cara, s'hauria espantat tremendament.

—Teniu raó, reina —va dir en un to inesperadament dòcil.

La reina es va quedar estupefacta.

—Bé, si us ho heu repensat i esteu d'acord amb mi...

—D'acord. Més que d'acord. Mai no he estat tan d'acord amb ningú —va respondre Buhl, sense deixar de mirar la noia.

Allò no va passar per alt a Kalea. I va decidir fer-hi una petita aportació.

—Capità Buhl, us presento la nostra Thiarè. Ella té cura de les flors, de les bardisses i del meravellós jardí de Flordoblit.

—Encantat —va respondre el capità.

Llavors va allargar la mà cap a la noia, però ella no li va correspondre, cosa que el va sorprendre força.

Thiarè, que havia perdut la vista, no li podia veure la mà, però sentia com es movia en l'aire. Va sentir l'olor

de mar que es desprenia de l'abric que duia el capità i el ventall de perfums que se li havien adherit cada vegada que havia atracat en un port nou. Thiarè en va quedar impressionada. Aquell home coneixia llocs distants i en sabia coses que ella ignorava perquè no els havia pogut visitar. Però ara els hi mostrava ell amb aquell braç estès.

Llavors, la noia li va oferir una mà, que el pirata va estrènyer esbossant una inclinació.

Thiarè va sentir una altra cosa. Una olor metàl·lica, com de ferro, que va pensar que devia ser d'alguna arma que devia dur l'home.

—Perdoneu que us interrompi. Però tenim la boira perillosament a prop —va dir Gunnar, en un to de veu excitat.

Era cert. La flota de les bruixes s'acostava ràpidament.

Havia arribat el moment d'actuar.

21
L'inici de la batalla

La boira que avançava inexorablement en direcció al Regne dels Coralls ocultava en el seu interior una amenaça terrible. Les nombroses embarcacions, petites i grans, desplegades per defensar les illes van començar a trontollar i a balancejar-se per culpa d'un sobtat augment de les onades.

Era el senyal: els Nàufrags dels Abismes es disposaven a atacar amb els seus vaixells fantasma, però els defensors del Regne dels Coralls estaven preparats per repel·lir-los. Tothom era al seu lloc: Gunnar i el rei comandaven les dues ales de la flota. I els feien costat Nives, Diamant, Robí, Kaliq i Samah. Iara i Kalea s'havien quedat per controlar les embarcacions més ressagades que representaven l'última línia de defensa de Flordoblit.

Les dues princeses no havien elegit aquella posició perquè sí: era la millor per poder-se esquitllar sense despertar sospites. Havien calculat que, mentre els altres estaven ocupats a primera línia, i totalment absorbits per la batalla, es podrien allunyar sense que ho notessin.

El capità Buhl i els seus homes s'havien posat al costat de la flota, mentre la reina, Purotu, Naehu i Thiarè, per ordre del rei, havien tornat a la cort, per a més seguretat.

Quan Iara i Kalea ja estaven a punt d'abandonar la formació, van arribar Purotu i Naehu.

—Què hi feu, aquí?! —els va preguntar Kalea, amb expressió contrariada.

—Molt fàcil: nosaltres també volem participar en la batalla —va respondre Naehu.

—Que no heu sentit el rei? No us podeu quedar aquí, és massa perillós. Torneu a palau!

—No! Volem combatre! —va replicar el noi, que, tot i el seu caràcter reflexiu i prudent, semblava més convençut que el seu germà.

Kalea i Iara es van intercanviar una mirada interrogativa. Com s'ho farien per marxar si els bessons eren allà, per testimoniar-ho?

Iara es va posar a rumiar. Allò que semblava un contratemps es podia convertir en una solució que les afavoriria. Kalea i ella se n'anirien amb algun pretext i els dos nois ocuparien el seu lloc; d'aquesta manera, no sospitaria ningú.

Iara va decidir aprofitar l'ocasió.

—Saps què, Kalea? Trobo que Purotu té raó.

L'esperança va il·luminar els ulls del noi. Els de la Princesa dels Coralls, en canvi, van reflectir una gran incredulitat.

—Vols dir?

—Sí. És just que puguin participar en la defensa del Gran Regne, sobretot perquè la batalla tindrà lloc a tocar de casa seva. D'aquesta manera, nosaltres... ehem... podrem ser més útils als altres allà a baix —va concloure, fent l'ullet a la seva germana.

—És clar. Ja ho entenc. D'acord: us podeu quedar —va consentir Kalea—. Però amb una condició.

—Quina? —va preguntar Purotu.

—Haureu d'ocupar el nostre lloc. Així sereu molt lluny del punt on es troba el rei, perquè, si us veu, estic segura que us farà tornar a la cort immediatament —els va explicar Kalea, que, en realitat, temia que el seu pare descobrís que ella i la seva germana l'havien desobeït.

Quan va sentir aquestes paraules, Purotu es va posar una mà damunt del cor i li va jurar que no es mouria d'allà per res del món, i el seu germà també ho va fer.

Després de rebre aquella ajuda inesperada, les dues princeses ja eren lliures per marxar. Es van acomiadar dels dois nois fent-los una última recomanació:

—No cometeu cap imprudència, entesos?

Llavors van fer cap a terra ferma i van anar a peu fins a la Badia Blanca, a l'extrem de l'illa oposat al lloc on estava desplegada la flota.

Observant aquell mar sense embarcacions a la vista, Kalea va preguntar, encuriosida:

—Perdona, Iara, però amb què viatjarem?

—No pateixis, que ho tinc tot ben lligat —va respondre la Princesa dels Boscos mentre es dirigia cap a unes palmeres baixes. Quan hi van arribar, Kalea es va fixar que amagaven alguna cosa.

—Però si hi ha dues canoes! No m'ho puc creure!

—Doncs, sí. Oi que sóc espavilada?!

—Com t'ho has fet per agafar-les, si sempre has estat amb mi? Ah! Ja ho entenc! Tu ja sabies que, al final, faria costat al teu pla i per això te les vas agenciar d'amagatotis. Molt astuta! —va exclamar Kalea, amb les mans als malucs, fent veure que estava enrabiada.

—Gràcies! —va dir Iara, somrient—. Ho vaig fer perquè conec prou bé la grandesa del teu cor.

Aquell compliment va entendrir Kalea, que ja no va protestar més. Llavors va cridar Garcia, que al cap d'un instant va anunciar la seva presència exibint-se amb un prodigiós salt per damunt de la superfície encalmada del mar. Mentre les dues princeses salpaven a bord de les seves respectives canoes, a l'altre costat de l'illa la boira ja havia atrapat la flota del Gran Regne.

—Vigileu! —va recomanar el rei als seus homes.

En aquell moment es va començar a sentir una música entremesclada amb una mena de càntic. Era la lletania dels Nàufrags dels Abismes. Nives i Gunnar la van reconèixer immediatament.

—Són ells, pare! Aviat els veurem —va anunciar la Princesa dels Gels.

En efecte, poc després, la proa fosca d'una nau va despuntar de la boira com un gegantí monstre de les profunditats.

—Potser és el vaixell del capità Ganya Negra —va dir Gunnar.

Però, després d'aquella proa, en va emergir una segona i després una tercera i una quarta. Semblava que no s'haguessin d'acabar mai.

El rei va comptar vuit vaixells en total. Imponents i amenaçadors.

—Què fem? —va preguntar Gunnar.

El rei no va tenir temps de respondre-li: d'un violent cop de cua, una escórpora de dimensions monstruoses que havia aparegut del no-res va provocar una onada gegant que va allunyar unes quantes embarcacions situades a la seva esquerra.

—Què és això?! —va demanar el rei, pàl·lid.

—Cada vaixell porta una escorta que el protegeix. Executa les ordres del seu capità i, normalment, és un ésser molt fort que està al servei de la Bruixa de les Marees —va explicar Gunnar.

Mentrestant, unes altres embarcacions s'enfrontaven a

un altre monstre, una mena de peix llanterna amb la boca esbatanada que provava d'engolir barques i mariners.

—Que el veieu? —va exclamar Nives, espantada.

—És terrible! —va respondre Gunnar.

—Em penso que l'única possibilitat d'èxit que tenim és abordar els vaixells i enfrontar-nos als comandants que donen les ordres als monstres —va declarar el rei.

Tothom hi va estar d'acord. El mandat va passar de boca en boca fins a arribar a Purotu i Naehu, que, tal com havien promès, s'havien quedat a l'última fila de la rereguarda.

—Càsum tots els mol·luscos dels abismes! Però què pensen fer, aquests? —es va preguntar el capità Ganya Negra quan es va adonar que algunes embarcacions del Gran Regne s'acostaven veloçment a les murades dels vaixells fantasma.

Els mariners de la seva tripulació, sorpresos, s'encongien d'espatlles i sacsejaven el cap, coberts d'algues i closques de conquilles.

—Espavileu-vos, inútils! Què punyefla espereu? Repel·liu-los! —va ordenar el capità Ganya Negra.

Mentrestant, l'improvisat exèrcit del Gran Regne provava de pujar pel buc dels vaixells arrapant-se a les conquilles enganxades a la quilla. N'hi havia de tan esmolades que els produïen talls i rascades, però els homes estaven decidits a arribar a dalt de tot i s'hi enfilaven amb els ganivets entre les dents i les espases penjades al cinturó.

El rei i Gunnar van participar també en aquell coratjós abordatge, ja que no tenien cap intenció d'evitar la batalla.

—Ànims, que ja hi som! —va exclamar el rei, que precedia Gunnar en l'escalada.

—Que t'ho creguis! —va replicar una veu estrident des del pont del vaixell. Era un dels mariners del capità Ganya Negra: tenia un cap llarg i aplanat que feia pensar en el dels peixos martell, i, com ells, també tenia una boca sense llavis i eriçada de dents.

El rei i Gunnar ja eren a menys d'un metre del parapet del vaixell, quan el mariner els va llançar dos llamàntols gegantins que obrien i tancaven unes pinces esmolades que produïen un so cadenciós i aterridor.

—Gunnar! Posem-nos a recer! De pressa! —va cridar el rei—. Que se'ns tiren al damunt!

—Que facin el que vulguin! —va respondre Gunnar, desembeinant l'espasa.

Quan el llamàntol va provar d'abraonar-s'hi, el Príncep dels Gels va ser més veloç, i, mostrant una gran rapidesa de reflexos, va esquivar l'atac i va colpir l'adversari, bo i deixant-lo fora de combat. Després, amb tanta celeritat com va poder, va provar d'acostar-se al que amenaçava el rei. Però el segon exemplar era més agressiu i no el va poder enxampar desprevingut. Va lluitar aferrissadament amb les seves potents pinces fins que el va estabornir el mateix rei amb un cop ben assestat.

Gunnar va veure com queia de la murada del vaixell i desapareixia sota l'aigua. Per un moment, el cor se li va omplir de compassió; en el fons, aquells éssers també eren víctimes de la màgia, tal com li havia succeït a ell molts anys abans. La diferència era que ell havia tingut una oportunitat: l'amor de Nives l'havia salvat.

El Príncep dels Gels va mirar d'allunyar aquells pensaments, convencent-se que en una batalla no es podia fer res més. Encara hauria d'empunyar l'espasa moltes més vegades per defensar la pau del Gran Regne.

El rei el va despertar d'aquelles tristes meditacions fent-li un senyal perquè abordés el vaixell.

Gunnar es va aferrar a la barana del parapet del vaixell i va saltar al pont, on es va reunir amb el rei. Allà, es van trobar al bell mig del combat entre les forces del Gran Regne i la tripulació dels Nàufrags, que eren més aguerrits que mai i molt més forts que un home normal.

El rei va presenciar grans proves de coratge per part dels seus súbdits. Un pescador s'enfrontava a un mariner enorme, amb un cap que semblava el d'un cranc, i tan dur que feia inútils tots els cops que li assestava. El mariner duia una xarxa en una mà, i en l'altra, una maça de claus. El pescador combatia amb la fitora que segurament utilitzava per aconseguir el seu aliment quotidià. El mariner va llançar la maça al cap de l'home, que la va esquivar àgilment, i l'arma va caure damunt dels taulons del pont. El mariner, enfurismat, la va recollir i va començar a empaitar l'home proferint unes amenaces terribles. Al final, el va atrapar. El mariner va alçar la maça per matar-lo, però alguna cosa el va aturar. Era l'espasa de Gunnar, que el va colpir i el va fer caure a terra.

Quan els homes que lluitaven per la salvació del regne van veure que el sobirà era amb ells, van recuperar la respiració i el coratge.

Com és lògic, l'únic que no va apreciar la presència del rei era el capità Ganya Negra, que se li va tirar al damunt brandant un arpó. El rei va parar el cop, però el capità tenia molta força i el va empènyer cap a l'arbre mestre, que estava completament cobert de mucílags.

Però el rei s'hi va enfrontar novament. Gunnar va decidir no intervenir-hi perquè, mentrestant, l'havien atacat tres mariners d'aspecte monstruós, un dels quals tenia dos tentacles enormes en lloc de braços.

D'improvís, va notar que li aferraven un turmell i el

pols amb què empunyava l'espasa. El Príncep dels Gels va fer una estrebada al braç empresonat i amb l'altre va provar d'afluixar la pressió del tentacle.

Malauradament, els altres dos membres de la tripulació l'havien envoltat, ansiosos per abatre'l.

—En farem mandonguilles per als peixos, de tu! —va dir un d'ells, fent una ganyota.

—Ha, ha, ha! Molt bona, aquesta! Mandonguilles per als peixos! —va repetir l'altre.

El primer duia una conquilla enganxada al costat esquerre del cap; l'altre, la duia al dret. Semblaven complementar-se l'un a l'altre.

—Vols parar de repetir tot el que dic?!

—D'acord, ja paro de repetir tot el que dius!

Llavors l'altre li va clavar un cop de puny a l'esquena.

Aprofitant aquella picabaralla grotesca, Gunnar va poder afluixar la pressió. Amb un cop d'espasa ben donat, va tallar el tentacle que tenia entortolligat al turmell i se'n va deslliurar.

Va ser llavors que els mariners bessons van avançar contra ell, brandant dos fragments de conquilla esmolats com punyals.

Però no es posaven d'acord sobre qui havia de ser el primer d'atacar i van encetar una altra discussió, que Gunnar va aprofitar per empenye'ls pel parapet i fer-los caure als abismes d'on havien sorgit.

Llavors es va girar per mirar on era el rei. El sobirà era a l'altre costat del pont, i apuntava la gola del capità Ganya Negra amb l'espasa.

—Quin rei mataria un guerrer desarmat? —el va provocar el monstre.

—No tinc cap alternativa —va dir el rei amb un fil de veu. La veritat és que no es veia amb cor de donar-li el cop. Una cosa era fer-ho mentre lluitaven i una altra era tenir l'adversari al davant, desvalgut i desarmat.

N'hi va haver prou amb aquell instant de vacil·lació, perquè el capità se li escapés amb la velocitat d'una anguila, es llancés al mar i desaparegués ràpidament entre les onades.

22
Un moviment per sorpresa

Kalea i Iara navegaven amb les seves canoes seguint el rumb que els marcava l'experimentat Garcia. Circumnavegaven els minúsculs atols que componien l'accidentada geografia del Regne dels Coralls. Hi havia unes illes que es podien recórrer de punta a punta en vint passos. I unes altres que, quan hi havia marea alta, quedaven literalment submergides sota les onades i no reapareixien fins que no es retirava el mar, deixant en la sorra conquilles, fragments de corall i, de vegades, algun petit tresor.

—Quantes illes hi ha, exactament? —va preguntar Iara, encuriosida.

—No t'ho sabria dir. En desapareixen i se'n formen de noves contínuament.

—Per això és tan difícil dibuixar un mapa d'aquesta zona?

—La veritat és que en tenim un, però l'hauríem de modificar tan sovint que el deixem tal com està. A més, els habitants del regne coneixem tan bé el mar que no necessitem cap mapa per orientar-nos. I, a més, jo tinc el Garcia!

L'orca, quan va sentir que parlaven d'ella, va fer una pirueta sobre si mateixa, mostrant la seva panxa blanca com la neu i tot seguit el dors, negre i lluent, produint un joc de colors que va divertir les princeses i, per un moment, les va distreure de la missió que es disposaven a complir.

—Saps què? Això que dius em fa pensar en els meus estimats boscos, que també estan en evolució constant. Per molts arbres nous que creixin, les tempestes n'abaten una quantitat equivalent. Hi ha zones senceres que queden totalment destruïdes, però, amb el pas del temps, la natura les reconstrueix, completament diferents i noves.

—Aquest és el prodigi de la natura: les seves formes estan en evolució perenne. Cap arquitecte, ni tan sols el més hàbil i enginyós, pot competir amb l'incansable procés que, dia rere dia, transforma les meravelles del Gran Regne.

—Tens raó. I és per això que combatem avui. No podem consentir que aquelles bruixes malvades s'apoderin del que ens pertany. S'hauran de buscar un altre regne per reduir-lo a una pila de cendres grises!

—Val més que ens afanyem. La boira ja ha arribat a les illes grans —va observar Kalea, indicant la massa blau gris i humida que, lentament, engolia tot el que trobava en el seu camí.

L'espessa capa de boira s'allargassava cap a la seva esquerra i semblava realment inacabable.

Kalea, preocupada per aquella imatge, es va posar a remar tan de pressa com podia i la seva germana petita la va imitar.

Les princeses van continuar remant durant molta estona, fins que van arribar a mar obert. Ja no es veien illes ni atols: al seu voltant només hi havia aigua. Aigua i boira.

—Tu creus que és gaire més gran, el banc de boira? —va preguntar Kalea, extenuada per l'esforç.

—Espero que no gaire més. Jo també començo a estar una mica cansada.

Al cap de deu minuts en van veure el final.

—Mira, Iara! Allà a baix ja s'albira l'horitzó. Ens n'hem sortit! Molt bé, Garcia! —va exclamar molt contenta Kalea, tot amanyagant el cap del gran mamífer.

—Ara només cal que esbrinem on s'amaga la bruixa.

—Què proposes que fem?

—Primer de tot, hem d'arribar al límit del banc de boira. Després, provarem de penetrar a l'interior. El millor que podem fer és enxampar la bruixa per sorpresa. Estratègicament parlant, l'hem d'atacar per l'esquena.

L'experiència de la seva germana petita en temes bèl·lics torbava una mica Kalea, però sabia prou bé que hi havia moments a la vida en què no es podien evitar els conflictes perquè servien per retornar la pau.

—D'acord, et segueixo.

Van arribar fins a un punt en què la boira desapareixia completament, com si hi hagués un mur que la contingués.

—Preparada? —va preguntar Iara a la seva germana.

Kalea va assentir i després va dir a Garcia:

—Torna a casa, ara. Podria ser perillós que et quedessis aquí.

L'orca no es va moure.

—Vés-te'n, Garcia!

—Em sembla que no té cap intenció de fer-te cas —li va contestar Iara—. Em penso que ens vol acompanyar.

Kalea va assentir.

—D'acord, amiga meva, però vés amb molt de compte. Si et passés alguna cosa, no m'ho perdonaria mai.

L'orca li va respondre amb una esbufegada d'aigua.

Les dues canoes, escortades per Garcia, es van endinsar en la broma; en aquell núvol dens i humit del qual, un cop a l'interior, no es veien els límits. Les dues embarcacions lliscaven veloces i silencioses per l'aigua. Poc després, van albirar alguna cosa en la llunyania: una silueta que es retallava en la grisor uniforme de la boira.

—Sembla una illa... —va dir Iara.

—Sí, em penso que sí.

—Sembla l'única de la rodalia.

—Que estrany! Tots els atols es disposen als costats de les illes principals, però, que jo sàpiga, ara ens trobem a mar obert.

—I si és la base d'Aquària?

—Seria una gran sort haver-la trobat tan fàcilment.

—Si no ens troba abans ella...

—No ho diguis, això, Iara!

—Sigui com sigui, hem d'arribar a aquella illa i donar-hi un cop d'ull personalment. Jo aniré al davant; tu segueix-me des d'una certa distància.

Kalea no hi va posar cap objecció i va seguir la seva germana. Respirava l'aire dens i fred, amarat de boira, i provava de lluitar contra la sensació d'opressió que li transmetia pensant en la flaire de les flors i de la sorra coral·lina escalfada pel sol.

Van remar uns quants minuts més, fins a arribar prop d'una platja. La boira desenfocava els contorns del paisatge i ho embolcallava tot amb un vel gris i uniforme. Era com si, per efecte d'aquella broma, la vida que hi residia estigués privada de color.

Per confirmar la seva primera impressió, tan bon punt

van tocar terra, les princeses van tenir una sensació de gelor que els va entrar pels peus i els va pujar per tot el cos, bo i provocant-los un estremiment al cor.

—Fins i tot l'aigua del mar és freda aquí —va observar Kalea encongint-se d'espatlles.

—Aviat tornarà el sol. Ara, traiem les canoes a terra i anem a explorar. Potser Aquària és més a prop del que ens imaginem.

Kalea va fer un gest a Garcia. Sabia prou bé que s'esperaria que tornessin. Després, les princeses van continuar caminant, tot enfonsant els peus en la sorra gèlida. Avançaven amb una gran cautela, prestant atenció a qualsevol soroll. La boira ho complicava tot perquè no es podien orientar. Iara subjectava l'arc amb la mà dreta. Kalea s'havia ficat una conquilla esmolada al cinturó. S'estimaria més no haver-la d'utilitzar, però si l'atacaven es podria defensar.

—No veig ningú —va xiuxiuejar poc després.

—Això no vol dir que no hi hagi ningú.

Llavors, Iara va distingir alguna cosa i va aturar la seva germana, agafant-la per un braç.

—Espera! Allà a baix hi ha alguna cosa.

—On? —va murmurar Kalea.

Iara, que es va posar un dit a la boca per fer-la callar, li va assenyalar un punt a la seva dreta.

Kalea va agusar la vista i, efectivament, va descobrir una silueta fosca en la direcció que assenyalava Iara. Si fa no fa, devia ser a unes trenta passes d'elles.

Les dues princeses s'hi van acostar sigil·losament, aplanant-se contra els troncs de les palmeres i els arbustos baixos que poblaven aquella part de l'illa.

I llavors el van veure. Era un ésser ben estrany. Semblava un cranc gegantí i estava apostat darrere d'una duna.

—Què és allò?

—No en tinc ni idea, Kalea. No havia vist mai res semblant.

—Mira, n'hi ha un altre allà a baix.

—I un altre allà. N'hi ha molts. Em penso que són la guàrdia d'Aquària.

En aquell instant precís, gairebé com a resposta a les seves conjectures, un dels crancs es va posar en moviment, obrint i tancant les pinces, amb un soroll tan sinistre que les va sobresaltar.

Iara va tornar a fer un gest a Kalea perquè callés. No podien consentir que les descobrissin just en aquell moment, i per això havien de dominar el nerviosisme. Era evident que aquells éssers tan estranys tenien una oïda molt fina. Però, si eren tan nombrosos i estaven tan a l'aguait, va pensar Iara, la bruixa no devia ser gaire lluny. Per això la Princesa dels Boscos, que volia evitar una topada, va canviar de camí, i, seguida de la seva germana, es va endinsar en l'atapeïda vegetació que, com una gran taca, cobria la sorra de l'illa.

En la llunyania, s'elevava una estructura, alta i estreta, que semblava una torre.

Iara la va assenyalar a Kalea.

—Ja hi som.

Les princeses es van dirigir amb passes fermes cap a aquella estranya construcció, convençudes d'estar molt a prop del seu objectiu.

23
El cau d'Aquària

—Ravi! Vine! De pressa! —va ordenar Aquària, en un to decidit i tan insistent com les onades que sempre s'estavellen al mateix lloc.

Immediatament, tres sentinelles s'hi van presentar.

—Quantes vegades us hauré de dir que no vingueu tots? N'hi ha prou amb un! Que exerceixi el meu encanteri de multiplicació sobre tu no significa que t'hagis d'emportar totes les teves còpies a remolc!

—Gran Aquària, pèrfida majestat abissal... Com ens ho fem per saber qui de nosaltres és l'original i qui la còpia? —van preguntar tots alhora.

—És molt fàcil. Sóc jo! —va dir un ésser idèntic als altres que va aparèixer darrere d'aquell tercet.

—Que no! Sóc jo! —va rebatre un dels tres sentinelles.

—No diguis ximpleries! És evident que sóc jo!

Van continuar la picabaralla uns segons fins que Aquària es va impacientar.

—Prou! —va cridar, tot alçant una ràfega de vent acompanyada de remolins de sorra que els va fer caure damunt la closca—. N'estic farta!

Quan es van poder aixecar, als tres Ravis se'ls havien acabat les ganes de discutir.

Quan ja tenia el silenci que desitjava, Aquària va dir:

—Vull un informe de la batalla, i el vull immediatament! Què espereu? Marxeu!

—De seguida, vostra perfídia. Ara mateix! —van dir a cor tots tres éssers, que es van allunyar plegats.

La bruixa va sacsejar violentament el cap. Mentrestant, darrere seu, uns altres Ravis vigilaven una torre tan alta que semblava que el cim es perdés entre els núvols.

Quan les princeses van ser prou a la vora per veure-la, van tornar a constatar que no estaven soles.

—Hi ha un guardià, aquí —va dir Kalea.

—I un altre allà.

—Em penso que hem trobat el quarter general d'Aquària. Val més que ens amaguem darrere d'aquella planta i esperem a veure què passa.

Els sentinelles eren a poca distància d'elles, però estaven tan ocupats en la continuació de la mateixa discussió d'abans que ni tan sols es van adonar que a l'illa, a pocs metres d'ells, hi havia dues intruses.

—Tinc el pressentiment que haurem de pujar allà dalt —va dir Iara, assenyalant la torre que tenia al davant.

Vista de prop, es van adonar que era una cosa molt diferent del que s'havien imaginat.

—És feta d'un tronc de bambú gegantí! No n'havia vist mai cap de tan gran!

—Jo tampoc. Per què deu servir? —va preguntar Iara.

—No t'ho sabria dir.

Poc després van sentir unes passes, no gaire lluny d'elles. Van callar i van esperar per veure qui arribava. Hi havia tants guardians que seria molt fàcil que les descobrissin, i això seria un desastre. Però no van arribar més guardians, sinó una dona. Les princeses van provar d'observar-la sense que les veiés. Tenia els cabells grisos i semblava molt vella; el rostre era ple d'arrugues i molt pàl·lid, tirant a verdós. Semblava que acabés d'emergir dels abismes. Només podia ser la bruixa Aquària, va pensar Kalea, que havia llegit el *Llibre de les Bruixes*. Tenia la fesomia d'una anciana per efecte de la Màgia Incolora, que feia que les bruixes semblessin velles si les mirava una persona més jove, i jo-

ves si qui les mirava era més gran. Aquària duia una escorta de dos sentinelles de dimensions encara més grans que les dels altres crancs. Cadascun d'aquests guardians especials duia una llança esmolada entre les pinces. Tots dos éssers caminaven al costat de la bruixa amb la mirada concentrada a vigilar tots els racons de la platja.

Així que les princeses van reconèixer Aquària, la bruixa es va aturar en sec i es va posar a escoltar.

No les podia haver sentit, perquè no havien parlat, van pensar. Però no en podien estar segures. Era una bruixa i la Màgia Incolora era molt poderosa, les princeses n'eren ben conscients. I per això no podien abaixar la guàrdia.

Es van aplanar tant com van poder sobre els troncs i fins i tot van deixar de respirar.

Aquària va fer unes quantes passes en direcció a elles, però, afortunadament, alguna cosa li va impedir continuar per aquell camí.

—Gran Aquària, profunda majestat marina... Ja està tot a punt —va dir un dels sentinelles.

En sentir aquelles paraules, les princeses es van sobresaltar: havien d'actuar ràpidament o seria massa tard.

—Som-hi! Preparem-nos per atacar!

Aquària va recular i es va dirigir cap al tronc de bambú, seguida dels seus guardians personals.

—Ens ha anat de ben poc —va dir Iara, fent un sospir de descans.

—Hem tingut molta sort. Però ara ens hem d'afanyar... Està a punt de donar l'ordre de començar l'atac final!

Més decidides que mai a salvar el Gran Regne, les princeses van abandonar el seu amagatall i van sortir al descobert.

24

El reclam màgic

Mentre Kalea i Iara eren a l'illa d'Aquària, a Flordoblit la batalla s'acarnissava en tots els fronts. Els Nàufrags dels Abismes havien disposat els seus vaixells derelictes radialment a l'entorn de les tres illes principals per portar a terme l'atac per més bandes i vèncer les forces del Gran Regne, que resistien coratjosament.

Sobretot el rei i Gunnar, que combatien incansablement per defensar la seva terra dels invasors. Per això no van tenir temps d'adonar-se que Iara i Kalea havien desaparegut.

Ho va notar la reina, que va baixar a la platja per controlar la situació, i va veure Diamant, Nives i Samah, però no les dues filles petites. D'entrada, com que la boira era tan densa, la reina es va pensar que combatien en un altre front, però després, a mesura que passava el temps, es va començar a preocupar, sobretot quan es va adonar que tampoc no veia Garcia, la fidel amiga de Kalea.

—Thiarè, que saps on és Kalea? —li va preguntar la reina, en un to de veu que denotava aprensió.

La noia va sacsejar el cap.

—No sento el seu perfum pels voltants. Potser lluita a primera línia, amb els altres.

—És que no la veig. I també he perdut de vista Iara. Tinc el pressentiment que s'han ficat en algun embolic.

—Kalea és una noia molt assenyada. No crec que vulgui córrer cap perill.

—Però la pot haver arrossegat Iara, que és molt impulsiva, massa i tot.

—Ja veureu com tornaran —va dir la jardinera de la cort agafant-li la mà dolçament.

Durant uns instants, aquell contacte va calmar el cor angoixat de la reina.

En alta mar, davant de l'Illa de la Lluna, Diamant i Robí, amb l'ajuda de les orques de Flordoblit, provaven de repellir l'atac d'unes xalupes dels Nàufrags dels Abismes.

A bord hi havia uns éssers que tenien uns caps com els de les sípies i els ulls foscos i lluents. En lloc de braços, tenien uns tentacles enormes que feien espetegar com fuets amenaçadors.

—Són massa, Robí! Què fem? —va preguntar Diamant, que empunyava una espasa molt grossa i pesant.

—Això ja no et serveix de res —va dir el jove, desarmant-la—. Tinc una idea millor.

El Príncep de la Foscor va cridar les orques que tenia més a prop.

—Què vols fer?

—Ara ho veuràs. De vegades, és millor renunciar a la força i recórrer a l'astúcia.

Llavors va xiuxiuejar alguna cosa a les orques, que es van submergir, però van tornar poc després a la superfície. Quan van obrir la boca, Diamant va veure que la tenien plena de peixos.

I va comprendre què se li havia acudit a Robí. El Príncep de la Foscor va agafar els peixos i va començar a llançar-los cap a les xalupes dels Nàufrags dels Abismes.

Així que aquells éssers van veure peix fresc, no van poder resistir la temptació de cruspir-se'l. Havien estat tan ocupats en la batalla que no havien tingut temps de fer cas dels grinyols de la seva panxa buida. De sobte, van començar a barallar-se per aquell banquet tan suculent fins al punt que van perdre de vista el combat.

Diamant estava entusiasmada.

—Bravo, Robí! Ets fantàstic! Com sabies que s'estimarien més menjar-se els peixos que a nosaltres?

—Durant els meus viatges he arribat a conèixer molt bé el mar. Els pescadors saben que la voracitat de les sípies és proverbial. Com que aquests éssers tenen aspecte de sípia, he pensat que potser també tindrien els mateixos gustos.

—Ets genial de debò. Però, què en fem, ara?

—Res. Les orques continuaran atipant-los de teca fins que ja no es podran moure. No cal que ens en preocupem més.

Diamant va somriure, orgullosa de la pensada del seu marit.

Després, va mirar al seu voltant, preocupada: Nives corria perill. S'enfrontava a un grup de llamàntols gegants que la tenien rodejada.

—Mira allà a baix, Robí! —va exclamar Diamant—. Nives ens necessita!

Robí es va posar a remar, pensant en com podria ajudar la Princesa dels Gels sense haver d'embrancar-se en una topada directa, que seria massa arriscada en aquelles condicions. Però no va caldre buscar cap solució alternativa perquè, de cop i volta, just quan ell i Diamant arribaven on era la Princesa dels Gels, els llamàntols gegants es van submergir en les aigües del mar i van desaparèixer.

Una amenaça més greu es perfilava a l'horitzó. Un so, com una mena de música acompanyada d'una lletania cada vegada més pròxima, va posar en estat d'alerta l'exèrcit del Gran Regne.

Però, just en aquell moment, va semblar que els Nàufrags dels Abismes es batien en retirada perquè les xalupes tornaven ràpidament cap als vaixells, sota la mirada atònita del rei, les princeses i els seus companys.

El rei, que presenciava aquesta escena, va preguntar a Gunnar:

—Què deuen tramar?

—Sembla impossible... es retiren!

—No m'agrada gens —va comentar el rei amb una expressió greu.

—A mi, tampoc —va replicar, igualment preocupat el Príncep dels Gels.

~*~

En aquell mateix moment, Kalea i Iara havien arribat al peu de la gran estructura de bambú. Una boira espessa n'embolcallava la part superior i era impossible saber què hi havia allà dalt.

Llavors, les princeses van sentir alguna cosa. Era un càntic acompanyat d'una música esmorteïda i sinistra.

—Aquest cant em sona molt! —va exclamar Iara—. És la lletania dels Nàufrags dels Abismes!

Kalea, que l'havia sentit en somnis, tenia els ulls esbatanats i la mirada perduda en el buit.

Amb un fil de veu va murmurar:

—Em penso que és el reclam de què parla el *Llibre de les Bruixes*.

—I prové de la part de dalt de la torre de bambú! —va dir Iara, que va saltar cap al tronc. S'hi va arrapar amb les cames i el va estrènyer amb els braços, però no arribava ni a la meitat.

—Espera! Què fas? Que no t'adones que l'enemic ens podria descobrir?!

—No pateixis, que tot anirà bé —li va respondre la Princesa dels Boscos amb un somriure descarat.

Mentrestant, es continuava sentint el càntic i la música de fons. Era un so que tocava la fibra del cor i desvetllava emocions llunyanes i oblidades.

Era imprescindible silenciarlo. Iara va començar a enfilarse sentint com el cor li bategava amb força, per una barreja d'emoció i por.

Kalea, des de baix, tenia els ulls clavats en ella, desitjant que no li passés res de dolent. Després, l'atapeïda capa grisa va engolir el cos de Iara i li va impedir continuar seguint-la amb la mirada. Llavors, la Princesa dels Coralls va decidir posar-se a recer, perquè, si la descobrien, la seva germana també correria perill.

Va trobar una planta amb unes fulles enormes i es va afanyar a amagar-s'hi a sota.

Mentrestant, Iara ja estava a punt d'arribar al cim de la torre de bambú. Una mica més amunt hi havia una mena de plataforma de fusta impossible de veure des de terra. Va mirar cap avall i només va contemplar una capa de boira grisa i densa. Després va fer un esforç per pujar l'últim tram, però, quan ja era gairebé sota la plataforma, es va aturar.

Allà dalt hi havia algú.

25

El pla de Iara

Iara no tenia gaire temps per pensar. Estava enfilada en un tronc de bambú tan alt que no en veia la base. Una mica més amunt d'ella, hi havia la font de tots els problemes del Gran Regne: la bruixa Aquària amb el seu reclam màgic. A mesura que s'hi acostava, el so era tan clar com la veu de la bruixa que acompanyava la lletania. La Princesa dels Boscos es va arriscar a pujar una mica més; prou per veure la Bruixa de les Marees. Aquària estava d'esquena, de cara al mar, i bufava una cosa que semblava un corn molt gros. Agusant la vista, Iara es va adonar que allò no era un corn de banya, sinó un corn marí enorme amb el perfil dentat amb unes pues punxegudes, d'aquests que de vegades es troben a les profunditats dels mars càlids; estava guarnit amb incrustacions d'or i mareperla. Era el reclam, n'estava segura!

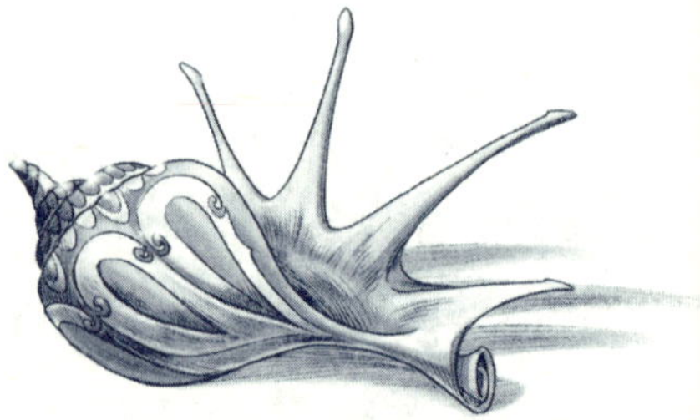

La més jove de les princeses va sentir que la sang se li glaçava a les venes. Estava sola contra la bruixa. Com podia intentar derrotar-la sense convertir-se en una víctima fàcil dels seus encanteris? L'única arma que tenia era el seu arc, fidel i infal·lible. És clar! Confiaria en ell, que sempre l'havia ajudat, fins i tot en els tràngols més difícils. A més, tothom té un punt dèbil. I encara que el corn tenia un aspecte sòlid, l'interior devia ser més delicat i era justament allà que havia de dirigir la fletxa, per colpir-lo amb un tret d'autèntica mestra.

El problema era la boira. Com podria apuntar des d'allà sota, amb aquella densa boira que li obstaculitzava la visió? En aquelles condicions era impossible veure bé el reclam ni la bruixa.

Mentre s'espremia el cervell pensant què havia de fer, Iara era conscient que se li acabava el temps. Aquell reclam, acompanyat de la lletania dels Nàufrags dels Abismes, sonava com una condemna fatal per al Gran Regne.

Llavors, la princesa va tenir una inspiració. Lleugera com una pantera, va baixar tan ràpidament com va poder. Saltar d'arbre en arbre pel bosc l'havia fet àgil i silenciosa. Però ben aviat va tenir els palmells de les mans vermells com brases ardents pel fregadís contra la fusta llisa del bambú.

Tot i això, Iara va serrar les dents, i, així que va tocar terra, va mirar al seu voltant, buscant Kalea.

La seva germana se li va acostar amb cautela.

—I doncs? Què has descobert?

—Aquària és allà dalt, i toca el reclam.

—Com és?

—És un corn marí molt gros i guarnit, sembla molt valuós.

—Estàs segura que és el reclam?

—Sí. Aquària el bufa i canta en una llengua incomprensible. L'he vista amb els meus ulls.

—Deu ser alguna mena de música màgica a què respon la flota fent el que els ordena la bruixa. Com la podem silenciar?

—Tinc un pla. Però encara no sé com portar-lo a la pràctica. Vull disparar una fletxa i ficar-la a l'interior del corn per l'obertura d'on surten els sons.

Kalea va assentir, seriosa.

—Trobo que és una idea molt arriscada. Demana una punteria tan infal·lible com la teva, i segur que te'n sortiràs, però, al mateix temps, no dóna cap marge d'error... I això em preocupa.

—Fes-me cas, germaneta —va dir Iara, somrient—. La pega és la boira. És massa atapeïda per permetre'm afinar la punteria.

Kalea va reflexionar un instant.

—Tinc la solució al teu problema —va dir.

Llavors va fer un so que semblava el crit d'una gralla.

—Però, què fas? Ens sentiran!

—Tranquil·la. És el xiscle dels pelicans. No en faran cas.

Poc després, es va sentir un batec d'ales que, contràriament al que s'havia imaginat Kalea, va produir un cert enrenou entre els guardians.

—He sentit alguna cosa —va dir un sentinella.

—Jo també —va confirmar un altre.

Just en aquell moment, un pelicà molt gros va aterrar a la sorra de la platja. Immediatament, el van rodejar tres crancs de guàrdia, que s'hi havien acostat a tota velocitat.

—Només és un ocell —va dir el primer.

—És una falsa alarma, no cal que ens preocupem —va afegir el segon.

Els sentinelles se'n van anar, convençuts que el pelicà no representava cap amenaça.

En realitat, a més d'un bec de dimensions extraordinàries, les ales esteses de Jay Jay tenien una amplària considerable, i era exactament per això que Kalea li havia demanat ajuda.

—Jay Jay! Gràcies per venir! —va murmurar la Princesa dels Coralls.

El pelicà va obrir i tancar les ales lleument, per demostrar que el feia molt feliç poder ser útil a la princesa.

—Em sembla que ja sé què se t'ha acudit! I és una idea genial de debò! —va comentar Iara, complaguda.

—Escolta'm amb atenció, Jay Jay, perquè t'he de demanar una cosa molt important —li va dir la Princesa dels Coralls. Després, es va asseure al costat del pelicà i li va acabar d'explicar el que desitjava murmurant-li alguna cosa amb una expressió satisfeta.

Al cap d'uns instants, el pelicà va emprendre el vol

i va fer uns quants tombs al voltant de la torre de bambú.

—Preparada, Iara?

La Princesa dels Boscos va assentir.

Totes dues germanes van mirar al seu voltant per assegurar-se que no hi havia ningú més. Després, van comptar fins a tres i van sortir al descobert.

Mentrestant, el majestuós ocell marí prenia altura ràpidament, cada vegada volava més amunt, fins a arribar a la plataforma on es trobava Aquària. Al seu pas, la boira s'escampava a poc a poc. Les ales de Jay Jay feien la funció d'uns grans ventalls que allunyaven aquella massa grisa i freda, i la dispersaven en l'aire. En pocs segons, la visibilitat del voltant de la torre ja havia millorat força.

—Una miqueta més i ja podré disparar la fletxa —va dir Iara, que ja estava en posició.

No era un tir fàcil, perquè la princesa, des de terra, hauria d'imprimir una trajectòria arquejada a la fletxa, amb un efecte final que li permetés ficar-la dins del corn marí d'Aquària. Però se'n podia sortir, es deia i es repetia contínuament. Era la millor arquera del regne!

Va col·locar la fletxa, va tensar la corda de l'arc i es va concentrar per afinar la punteria.

Jay Jay havia fet una bona feina, però hi havia un detall que les princeses encara no havien tingut en compte: Aquària.

Quan es va adonar de la presència del pelicà, la Bruixa de les Marees es va quedar atònita, però, d'entrada, no hi va donar gaire importància. Podia ser un ocell de pas. Però, quan la boira es va començar a dissipar, va sospitar que no es tractava d'un pelicà qualsevol, sinó que era allà per un motiu concret, és a dir: interferir en els seus plans. D'altra banda, no podia deixar de tocar el reclam perquè la seva flota es quedaria sense guia. Mentre Aquària rumiava què era el millor que podia fer, Iara es preparava per disparar la fletxa.

Jay Jay continuava complint la seva tasca, indefens, però, quan les princeses es van adonar que la bruixa es disposava a neutralitzar-lo amb un encanteri, Kalea va cridar:

—Jay Jay! Fuig!

Aquària, alertada per la veu de Kalea, va deixar el corn i va mirar cap avall.

—Dues intruses! —va cridar.

Va ser cosa d'un instant: mentre Jay Jay emprenia el vol, provant d'allunyar-se de la bruixa tan de pressa com podia, Iara ajustava la mira per disparar la fletxa i destruir el reclam. Però, quan ja es pensava que la tenia al sac, Aquària va desaparèixer en un remolí d'aigua, tot deixant l'aguerrida Princesa dels Boscos amb un pam de nas.

Kalea, que havia presenciat l'escena, es va quedar de pedra per la sorpresa i paralitzada per la por que la bruixa reaparegués d'un moment a l'altre.

26
La gran immersió

La música es va aturar de cop i els Nàufrags dels Abismes, també. Semblava que esperessin alguna cosa. El rei, Gunnar i els altres els miraven sorpresos i desconfiats. Després, de cop i volta, la boira que ho embolcallava tot es va començar a dissipar i es va sentir un gran estrèpit que provenia del mar de les illes.

—Què és això? —va preguntar Diamant a Robí.

—No ho sé. Sembla remor d'aigua.

El rei i Gunnar també estaven alerta, amb la mirada fixa a l'horitzó.

Poc després, les seves preguntes van obtenir resposta. Van veure arribar una onada, però no era una onada normal. Era enorme, alta i potent. Van veure com escumejava per l'orla superior, a punt d'arrossegar-ho tot.

Els Nàufrags, en lloc de fugir a bord dels seus vaixells, es van dirigir cap a l'onada.

—A recer! De pressa! —va ordenar el rei.

Totes les embarcacions del Gran Regne es van retirar veloçment cap a les illes, conscients que en qualsevol circumstància hauria estat difícil defugir una força de la natura semblant. Ho destruiria i ho enfonsaria tot en pocs instants.

Però, en canvi, va succeir una cosa molt diferent del que tothom s'esperava. Així que els vaixells d'Aquària van arribar al centre de l'onada, hi van entrar com si fos una gruta on es poguessin refugiar.

El poble del Gran Regne, mentre presenciava l'escena, no es podia creure el que veien els seus ulls.

L'onada va submergir els vaixells, i després, lentament, es va començar a aplanar, fins que va desaparèixer de la superfície de l'aigua.

Els qui temien una catàstrofe tremenda es van trobar contemplant la gran extensió del mar, que tornava a ser blava i serena.

—Ens hem salvat —va comentar la reina amb un sospir.

Però no s'imaginava que el mèrit d'aquella retirada imprevista era de Iara i Kalea.

Les dues princeses es van abraçar molt contentes quan es van adonar que la boira s'havia esvaït i la flota de la bruixa havia desaparegut. L'illa on es trobaven també va canviar d'aspecte davant dels seus ulls i es va convertir en un petit atol amb alguns arbustos que clapejaven de verd la blanquíssima sorra coral·lina.

De la torre de bambú no en quedava cap rastre; ni tampoc del corn marí que allotjava i, encara menys, de la bruixa.

—On deu haver anat a parar?

—No la veig, Iara.

—No me'n fio. No pot haver desaparegut d'aquesta manera... Tret que l'ensurt l'hagi empès a una retirada definitiva —va dir Iara, somrient.

—Germaneta, no siguis tan creguda. Qui està massa segur de si mateix s'arrisca a cometre grans espifiades!

—D'acord, però tu no siguis tan pesada i deixa'm gaudir d'aquesta tranquil·litat.

Kalea li va donar un copet a l'espatlla.

—Anem a buscar les canoes i tornem a Flordoblit. M'imagino que a hores d'ara tothom es deu preguntar on som i no vull que es preocupin.

—Aquesta vegada no ens escridassaran quan els expliquem el que hem fet —va dir Iara.

—Segur que no!

Molt animades, les princeses es van encaminar cap al mar, però només trobaven sorra.

—Potser ens hem equivocat de direcció. Que estrany! No semblava tan gran, aquest atol —va comentar Kalea.

Van caminar cap a l'altre costat, però continuaven trobant sorra.

—Com és possible? —va preguntar Kalea.

—És un encanteri!

Just en aquell moment, un remolí d'aigua va començar a girar davant dels seus ulls i poc després va aparèixer la bruixa Aquària. Encara no l'havien vista de tan a prop. Era espantosa, amb uns ulls grossos i vidriosos, que brillaven amb una llum malvada i sinistra.

—Ets molt perspicaç, nena... —va dir amb veu petulant.

Iara es va picar per la manera com l'havia anomenat.

—Ei, que no sóc cap nena, jo!

—Caram, quina llengua més llarga! —va dir, dirigint la mà cap a Iara, que de sobte es va trobar amb la boca plena d'aigua.

La va escopir i després va mirar la bruixa. No havia estat mai víctima d'un encanteri i la cosa no li va fer gens de gràcia. Va empunyar l'arc amb força. Kalea li va posar una mà a l'espatlla, per animar-la a mantenir la calma.

—Què vols de nosaltres? Per què no ens deixes marxar? —li va preguntar llavors Kalea.

—Molt senzill: vull aquest regne.

—El Regne dels Coralls?

—No, petita. Tot el Regne!

—No és possible. El Gran Regne pertany al rei i al seu poble —va replicar Iara, decidida.

—El rei, el rei... L'únic rei que recordo dorm en un palau embruixat en companyia de la seva cort.

—No ben bé...

—Vols callar, nena?! Les teves paraules se les emporta el vent. Sóc Aquària, Bruixa de les Marees i Senyora dels Mars. He estat relegada als confins del regne durant massa temps i ara reclamo el que em van prometre. I m'ho haureu de donar, perquè controlo la Màgia Incolora i cap de vosaltres no pot ni podrà oposar-s'hi mai. Si volgués, faria que us arrossegués una onada i mai més no se sabria res de vosaltres; però us ofereixo la possibilitat de marxar tranquil·lament, si em lliureu aquestes terres. Són massa assolellades i acolorides. Jo les sabré fer úniques en la seva grisor sense esperança...

La bruixa parlava i les princeses no podien evitar escoltar les seves paraules; semblava que hi estiguessin encadenades. Iara va pensar que allò era alguna mena de màgia que la bruixa utilitzava per doblegar la voluntat dels seus enemics.

Havia de reaccionar. Per força. S'havia entrenat moltes vegades amb les Flors de la Veritat del bosc. No havia pogut enganyar les flors perquè representaven el Bé, però estava convençuda que el Mal, sí que el podria enredar. I es va esforçar per concentrar-se, mentre notava que la ment de la seva germana depenia cada vegada més de la bruixa.

Iara es va concentrar mentre, aparentment, es resignava. Però, de sobte, amb una velocitat de llampec, va treure una fletxa del buirac i la va apuntar a la bruixa.

—Deixa'ns anar o disparo la fletxa —la va amenaçar.

Aquària va callar i Kalea va recuperar el control dels seus pensaments.

La bruixa va fitar la Princesa dels Boscos i després va esclatar en una rialla esfereïdora.

—T'atreveixes a desafiar-me?

La bruixa es va posar seriosa i va contraure el rostre en una ganyota horripilant. Va alçar totes dues mans cap al cel i va tancar els ulls.

En aquell moment, Kalea va descobrir una cosa en els ulls clars i intensos de la bruixa. Era una llum llunyana, com una estrelleta perduda en el cel nocturn. I cap a aquella llum va dirigir el seu pensament més bo i dolç. I va fer un senyal a la seva germana, perquè s'aturés.

La bruixa només va sentir una estranya escalfor que se li formava dins del pit i li pujava a la gola, i més amunt, fins als ulls. Va sentir que es transformava en un plor. I aquelles llàgrimes, càlides i salades, van fer aflorar una cosa que feia massa temps que estava soterrada: un passat dolorós i oblidat. Iara la contemplava, pàllida, sense deixar d'apuntar-la amb la fletxa, mentre Kalea s'acostava a Aquària, li acariciava el rostre i li eixugava les llàgrimes. Li va fer un somriure mentre la bruixa acotava el cap.

Llavors Kalea va tornar a parlar:

—T'he vist una cosa als ulls; una llum humana. No sempre has estat una bruixa, oi?

Aquària va assentir.

—Si vols que t'ajudi, m'hauràs d'explicar la teva història.

Aquària va obrir la boca, però dels seus llavis no en va sortir cap so. D'improvís, un potent remolí d'aigua la va embolcallar en una espiral lluminosa i la va alçar a unes quantes dotzenes de metres davant la mirada atònita de les princeses.

Els ulls d'Aquària es van tancar lentament, com si els afeixugués un pes insuportable, les seves faccions es van relaxar i el seu cos es va començar a confondre amb l'aigua que l'envoltava, fins a ser un amb l'element del qual la bruixa era senyora: el mar. Al cap de pocs instants, la bruixa va desaparèixer i a la platja només va quedar el reclam màgic.

Iara i Kalea es van mirar, estupefactes.

—Què ha passat? —va preguntar Iara, acostant-se al lloc on havia desaparegut la bruixa.

—No ho sé. Però hi ha alguna cosa del passat de les bruixes que el llibre no ens ha revelat.

—Com en pots estar tan segura?

—Ho he vist en la mirada d'Aquària. No sé com explicar-t'ho, però... hi havia un vestigi de bondat al fons dels seus ulls.

—Tu creus que Aquària era una dona abans de convertir-se en bruixa?

—És possible.

En aquell moment van sentir uns crits que venien de lluny.

—Kalea! Iara!

Les princeses van distingir clarament la veu del seu pare. Havia vingut a salvar-les.

Com que l'encanteri havia quedat anul·lat, al cap de pocs segons va reaparèixer el mar i també la flota del Gran Regne. Hi havia dotzenes i dotzenes de barques amb els pescadors del regne a bord, el rei, Gunnar, les altres princeses, Kaliq i Robí.

—Com ens heu localitzat? —va preguntar Kalea.

—Heu de donar les gràcies a Garcia —va dir Diamant, amb un somriure—. Ens ha vingut a buscar i ens ha guiat fins aquí.

Llavors, Kalea va veure la seva estimada orca, que la

saludava saltant entre les onades. Commoguda per la fidelitat i el coratge de la seva amiga, la Princesa dels Coralls es va capbussar al mar i va nedar cap a ella per abraçar-la, amb el cor ple a vessar d'una emoció incontenible.

Després, tots plegats van tornar cap a Flordoblit per celebrar amb Thiarè i la reina que havien conjurat el perill.

27
El secret de les Bruixes Grises

Mentre a Flordoblit les princeses relataven tot el que havia passat i es felicitaven per haver pogut repel·lir l'atac de la Bruixa de les Marees, molt i molt lluny d'allà, al silenciós laberint de Castelloblic, un foc que emanava una claror blavosa crepitava sense produir escalfor a l'enorme llar de foc del Saló dels Encanteris. Al davant, les quatre figures que seien en un gran sofà de vellut blau nit estaven recloses en un mutisme impenetrable. Al seu voltant, l'atmosfera estava saturada de tensió.

De sobte, una primera figura, alta i esvelta, es va aixecar del sofà i va començar a caminar per la sala amb un posat nerviós; les seves mans fines estrenyien uns fulls de paper.

Era Fogària, la Bruixa de les Flames, que es passava tota la nit escrivint i a l'alba cremava a la foguera els seus escrits.

—Atura't, Fogària! —va retrunyir una segona figura, que tenia la veu enrogallada i cavernosa, mentre el tremolós foc de la llar projectava en ella la seva claror blavosa.

Havia parlat Cendrària, la Bruixa de les Cendres. Mentre contemplava les flames fredes que cremaven davant seu, els ulls se li van il·luminar amb una llum sinistra.

Fogària la va mirar amb una expressió desafiant.

—Escolta... I si no m'aturo, què passa, eh?!

Cendrària va arrufar les celles i la va mirar amb uns ulls tallants com ganivets; després va obrir la boca per donar-li una resposta a to, però algú la va fer callar abans que pogués dir una sola paraula.

—Voleu parar?! —va exclamar la tercera figura, que es va aixecar llavors. Tenia uns cabells llarguíssims que li cobrien les orelles i li emmarcaven el rostre, que semblava una màscara.

Era Xisclòria, la Bruixa dels Sons. Es deia que tenia una oïda portentosa, capaç de captar milers de sorolls i reproduir-los amb una fidelitat absoluta.

—Escolteu-me! Tinc un mal pressentiment sobre l'atac d'Aquària —va dir Xisclòria—. A més, a hores d'ara, ja hauríem de saber què els passa als que van a la seva.

—Embolics i més embolics! —va exclamar Sulfúria, la quarta bruixa, que es va posar a ensumar l'aire amb el seu sensibilíssim nas. Devia notar alguna cosa insòlita perquè es va aixecar de cop, cosa que va cridar l'atenció de les altres.

—I ara què t'agafa? —li va preguntar Xisclòria.

Sulfúria no va respondre, però, en aquell moment, la Bruixa dels Sons va parar les orelles i va sentir una remor que provenia dels pisos inferiors.

—De pressa! Baixem a veure què passa!

La Bruixa dels Sons va sortir del saló seguida de les altres bruixes: Fogària, Cendrària, Xisclòria i Sulfúria. Només faltava Etèria, la Bruixa de les Tempestes, però cap de les seves companyes no sabia on era. Després de recórrer escales, galeries, passadissos, esglaons a dreta i esquerra, amunt i avall totes juntes, les bruixes van arribar a les estances d'Aquària, que havien tornat a canviar de posició.

Quan en van obrir la porta, van tenir un sobresalt. La Bruixa de les Marees estava immòbil, immersa en la piscina d'aigua salada, al costat del seu reclam màgic. Tenia els ulls tancats. Semblava adormida.

Les bruixes la contemplaven, incrèdules, sense saber què havien de fer ni com fer-ho.

—Vosaltres creieu que és... —va començar a dir Fogària.

Sulfúria va sacsejar el cap.

—No. Segur que no. Sembla que dormi.

Xisclòria, que estava unida a Aquària per una gran amistat, li va alçar delicadament un braç, que va caure així que el va deixar anar. Després li va tocar una galta amb el dors de la mà, però tampoc va obtenir cap reacció.

Mentre les altres bruixes es miraven, dubitatives, la finestra de la primera sala es va obrir de bat a bat sobta-

dament. Totes van anar a veure què passava i es van trobar davant d'Etèria, la Bruixa de les Tempestes, amb els cabells blaus i el vestit fluctuant en l'aire. Els seus ulls claríssims i gèlids tenien una expressió preocupada.

—Es pot saber on t'havies ficat? —li va preguntar bruscament Cendrària.

—Estava fent la meva feina i la vostra! He seguit els moviments d'Aquària!

Les bruixes es van adreçar mirades de retret recíproc.

—Doncs... si que t'ho has agafat amb calma! Aquària ja fa estona que és aquí. Però no respon, sembla adormida —li va explicar Xisclòria.

—Primer la vull veure i després us ho explicaré tot —va dir la Bruixa de les Tempestes, fent cap a la piscina on flotava Aquària.

I els va explicar tot el que havia vist a l'atol embolcallat de boira.

—És impossible! —va retrunyir Cendrària, enfurismada.

Just en aquell moment van tremolar les parets i una veu va ressonar per les estances i els passadissos de Castelloblic. Era una veu terrible, que unia el ressò del tro al fragor d'un mar tempestuós. Si mai l'hagués sentit una orella humana, no hauria trobat paraules per descriure-la.

—Que us serveixi d'amonestació! —va dir la veu—. Vet aquí el destí que espera a qui gosa allunyar-se del poder del Vòrtex Gris!

En sentir aquella advertència, les bruixes van callar, espantades. Ella, la Mai Anomenada, la Bruixa de les Bruixes que totes temien, havia parlat. Ho havia vist tot i s'havia pronunciat amb unes paraules prou clares.

Les bruixes es van estremir... A partir d'aquell moment haurien d'anar amb molt de compte: a Ella no li agradava la desobediència i, encara menys, les derrotes com la d'Aquària. Etèria, Sulfúria, Cendrària, Fogària i Xisclòria van arronsar les espatlles: ben aviat haurien d'idear un altre pla.

~ * ~

En un indret que no tenia res a veure amb l'atmosfera opressiva de Castelloblic, concretament al Regne dels Coralls, feia una estona que la princesa Kalea s'havia retirat a la seva estança. Kaliq, el seu marit, s'havia quedat amb els altres homes al saló del tron per parlar de tot el que havia succeït i rumiar nous mètodes per defensar el regne d'un nou atac que, més tard o més d'hora, es produiria inevitablement.

Com que no podia agafar el son, la princesa va decidir anar a la platja per contemplar les estrelles, que aquell vespre semblaven menys lluminoses que de costum. Es va asseure a la sorra molla que la llum de la lluna feia que s'assemblés a la neu d'Arcàndida. Era una nit estranya. La total absència del vent convertia el mar en un mirall immens i impenetrable on es reflectien la seva imatge i els seus pensaments. Ella tenia el costum d'enfonsar-los en aquelles aigües cristal·lines, però ara no

se'n sortia. Tot es quedava a la superfície, a punt per a una anàlisi i avaluació.

Se sentia tan cansada... Havia estat una jornada esgotadora i, al final, s'havien enfrontat a la temible Aquària, la Bruixa de les Marees.

Li van tornar al pensament els ulls de la bruixa i es va demanar què li devia haver passat. Després va recordar el seu somni.

Al final, allò havia succeït. Les seves pors havien trobat un fonament en la realitat.

Però aquell dia també havia passat una altra cosa, una cosa que ella interpretava com un important senyal d'esperança. En la bruixa, s'hi havia produït un canvi en positiu, n'estava segura.

Llavors Kalea es va adormir, bressolada pel lleu murmuri de les onades, amb un somriure als llavis i al fons del cor.

Perdoneu-me pels sanglots, però si us penseu que ploro perquè estic trista per Kalea, tranquil·litzeu-vos. Ploro perquè n'estic orgullosa. No trobeu que ara és molt més valenta que quan la vam conèixer? Mira que enfrontar-se d'aquella manera a la bruixa Aquària! Ha estat gràcies a la seva profunda sensibilitat que s'ha produït un canvi en la bruixa. I en positiu! Però no us en puc dir res més. Només us diré que a Castelloblic es custodia un secret que protegeix Ella, la Mai Anomenada, la més temible de les Bruixes Grises, infinitament poderosa i decidida. Feu bé de tenir-ne por. Perquè ella no coneix la pietat ni el perdó.

Mentrestant, a Flordoblit, tots són molt feliços per haver tornat sans i estalvis i celebren la victòria sobre la flota dels Abismes. Ja és ben cert que la unió fa la força!

Sí, també és cert que les bruixes són fortes i actuen en grup, però no estan tan unides com sembla. El desig de poder genera egoisme i divisió, i, en això, les Bruixes Grises són unes mestres. Es barallen massa sovint, per al meu gust...

Què dieu? Ai, sí, teniu raó. Us parlo de les bruixes, però hi ha una cosa que ha quedat en suspens. No hi ha notícies de Helgi. No l'han pogut buscar perquè estaven massa ocupats defensant el Gran Regne de l'atac de la flota enemiga. Però estic segura que no haurem d'esperar gaire per saber on es troba el jardiner d'Arcàndida.

M'hi jugo qualsevol cosa que encara és viu. És un home fort i lleial, que, sens dubte, lluita per la nostra causa en algun lloc.

No us vull enganyar, no serà una empresa fàcil, aquesta vegada. Però us prometo que, si teniu ganes de seguir-me en aquesta meravellosa aventura, no hi faltaran cops d'escena, i potser també naixerà un nou amor...

Ja ho sé, ja ho sé: penseu en el capità Buhl i Thiarè. Però, no pretendreu que us reveli què els reserva el futur, oi? D'acord, si hi insistiu, hi anirem a donar un cop d'ull, però només un instant, eh?! És un moment delicat, i no està bé ser indiscrets.

Són allà. Els veieu? Allà dalt, al cim del penya-segat que domina l'illa de la Lluna. Fixeu-vos-hi! Estan asseguts prop del far. Al davant, hi tenen el mar, que il·lumina la llum blanca de la lluna. Ell s'ha posat una mà damunt la màscara i... ja n'hi ha prou! Aneu a dormir, que ja és molt tard.

Us desitjo un bon descans. A reveure! Fins a la pròxima aventura!

Tea Stilton

ÍNDEX

PRIMERA PART

SEGONA PART

Princeses del Regne de la Fantasia

Temps era temps, el Gran Regne, el governava un únic sobirà, el Vell Rei. Però un cavaller molt valent va derrotar el seu poder malèfic, va dividir el Reialme en Cinc Regnes i els va confiar a les seves filles.

1. LA PRINCESA DELS GELS

A Nives, la Princesa dels Gels, li ha arribat l'hora de casar-se. Però un halo de misteri envolta el príncep que ha demanat la seva mà. Al seu fidel llop blanc, Gunnar, li tocarà frustrar l'amenaça que posa en perill la cort.

2. LA PRINCESA DELS CORALLS

A Flordoblit, la princesa Kalea hi conserva una estrofa de la Cançó de la Son: uns versos que uneixen el seu destí al de les altres princeses del Regne de la Fantasia. Després de l'arribada a la cort del misteriós Kaliq, l'estrofa desapareix, cosa que posa en perill el Regne dels Coralls.

3. LA PRINCESA DEL DESERT

A Rocadocre, la capital del Regne del Desert, tot està preparat per al Mercat de les Sorres, l'esdeveniment més esperat de l'any. Amb les caravanes de mercaders, també arriba a la ciutat un jove misteriós...

4. LA PRINCESA DELS BOSCOS

Al Regne dels Boscos, la princesa Iara rep una visita inesperada: Samah i Kalea s'hi presenten per avisar-la que corre un perill greu. Ha arribat l'hora d'unir les forces per enfrontar-se juntes al Príncep sense Nom!

5. LA PRINCESA DE LA FOSCOR

El Regne de la Foscor corre perill: han robat l'última estrofa de la Cançó de la Son per poder desvetllar la cort del Vell Rei. La Princesa Diamant no es pot creure que el lladre sigui el jove que no pot oblidar, però...

L'AVENTURA CONTINUA...

6. LA REINA DE LA SON

Finalment, les princeses del Regne de la Fantasia s'han tornat a reunir i estan disposades a fer l'atac definitiu al Príncep sense Nom. A la Roca de la Son, a més de moltes insídies, també els espera un secret meravellós...

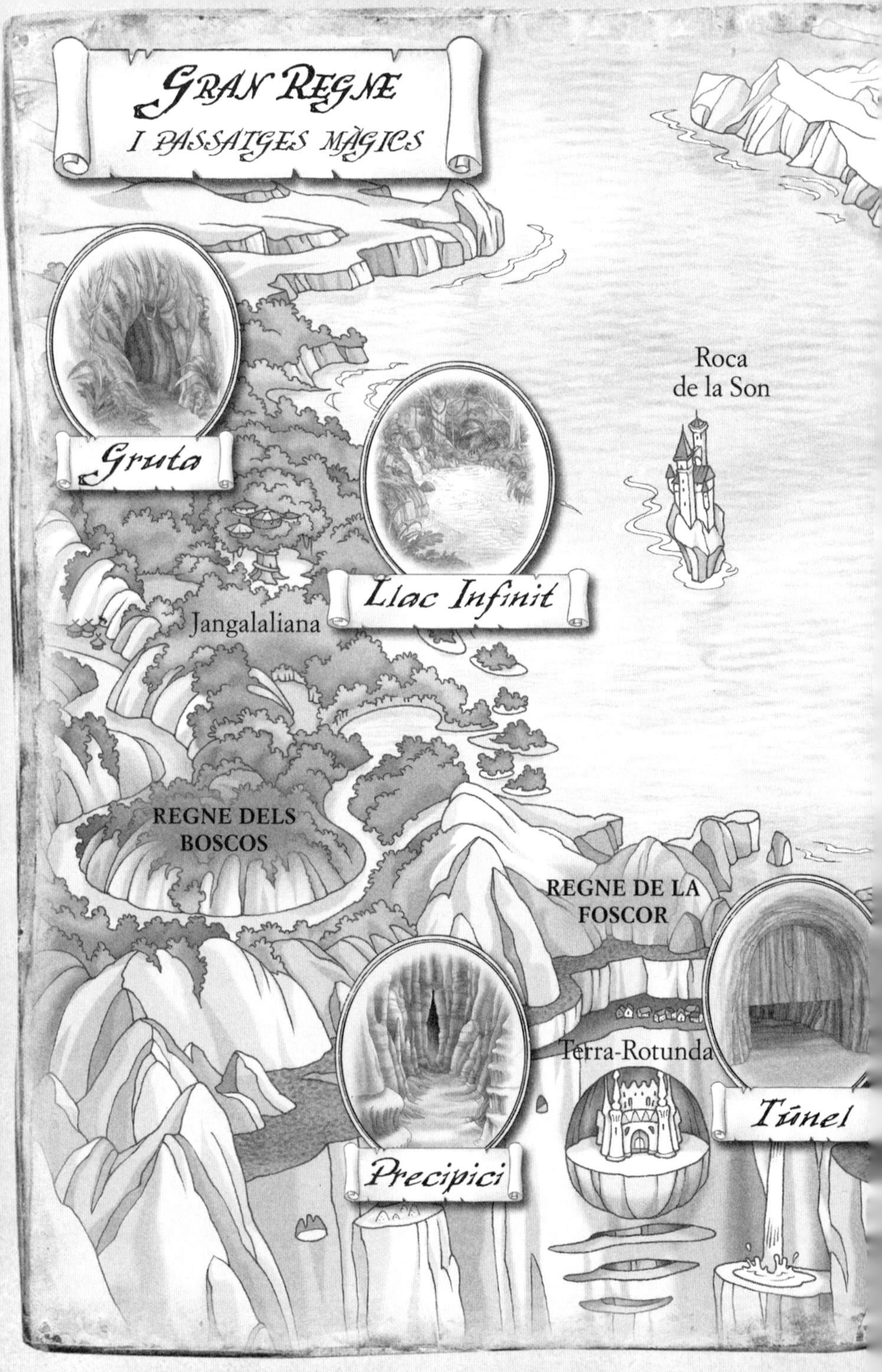
Gran Regne
i passatges màgics
Gruta
Roca
de la Son
Llac Infinit
Jangalaliana
REGNE DELS
BOSCOS
REGNE DE LA
FOSCOR
Terra-Rotunda
Túnel
Precipici